ぎんなんのいえ

髙橋兼治

目次

ぎんなんのいえ

1

棟梁の高宮貞蔵がまた空を見上げた。雨は止みそうにない。妻の君江が話し掛けた。

「お父さん、辰夫さんが現場を回って帰るそうです。骨休みと思ってゆっくりしてください」

今日の段取りを尋《たず》ねに来た一番弟子の辰夫が帰り、暫く過ぎていた。そして彼から他の弟子たちに、今日は休みの連絡が行き届く。いつもの雨や台風のときの伝達方法だった。それでも未だ未練が残るようだった。

いま工事中の家に若干の工期遅れがあるだけに、気がもめるのは君江にも分かった。几帳面《きちょうめん》な性格、仕事熱心な上に約束を滅多に破らない事実、それらは妻が認める夫の性分に違いなかった。

以前は雨のため休んでも、大工仲間との情報交換や材木店、建材店等を覗《のぞ》くなどする研究熱心だった。今も出かけて行きたそうな様子に見える。けれども最近は身体のだるさをしきりに訴えるため、たまの雨の日はゆっくり休ませたかった。くどいと怒られそうな気もしたが重ねてお願いした。

「休みなしに働いてるんですから、疲れがたまっていると思います。時には身体を休ませなさいとの神様の教えかもしれませんよ。若い者達も臨時休日を喜んでるみたいですよ」

神様と弟子たち、奇妙な取り合わせに違和感は持ったものの、とっさに引き合いにしてしまった。なんとしても休ませたかった。

「そうだね。今日は止すか」

やっと踏《ふ》ん切りがついたのか、ゆっくり軒先から離れた。それでも所在なさそうに大きく欠伸《あくび》して畳に寝転んだ。初夏の雨にたたられた午前、花瓶から沈丁花《じんちょうげ》が匂《にお》った。

それからは、身体を持て余し気味に煙草をすったり、新聞に目をやったり、落ち着かない動きがつづいた。そんな様子に、「前々から頼んだ、襖《ふすま》の軋《きし》みを直してください」と、つい不便を考えて口に出しかかった。手馴《てな》れた仕事ゆえ鉋《かんな》を二、三回当てると済《す》むはずである。それも余りにも退屈そうな立ち居を見た上の思い付きだった。

いい腕と人柄の良さが評判になり依頼が多い。現場を掛け持ちする日の多い夫がごろごろするのは似合わない。退屈なら、軽く身体を動かした方が逆に良いかもしれない。気分転換にもなる。あくまでも思い遣っての心遣《づか》いだった。それでも今回もその言葉を呑み込んだ。余計な差し出口をすべきじゃない。でしゃばってはいけないとする自制心がまた働いた。

指図《さしず》されたらすぐさま実行し、口出し口数《くちかず》はあくまで少なくする。家事以外は独自の判断、提案もなるべく控《ひか》える。親戚、友人、大工仲間との付き合いにしろ、これからは些細《ささい》なことにも絶対内緒事を作らない。

結婚直前に知り合った時の心積もりは、何時の間にか習慣になり、気立てになった。あれから三十一年が経過していた。

暫くすると夫は台所の土間に道具箱を広げ鉋《かんな》やのみなどの大工道具を研《と》ぎ始めた。部屋の中に砥石《といし》と刃物を研《と》ぎ合わせるときのスッスッとすべる低い音がする。水に溶《と》けて流れ出る砥石《といし》の濁《にご》り水が目に見えるようだった。時おり刃を光にかざし、左手で器用に水を遣《や》る。その後ろ姿に、手を抜かない生真面目な性格がにじんでみえた。

どんなに忙しくても、どれほど疲れていても道具を常に手入れする。何時もの手順に違いない。休みの日ぐらいはのんびりしてもいいのに、と諦めもし軽く納得もした。それからは考え直して再び台所の水仕事にかかった。雨は降り止まない。

夫は幾つかの刃物研《と》ぎに集中していたが思い出したように声をかけた。

「真弓から何もないのか」

「ええ、何もありません。電話がありそうなものですが」

「有難い話が今にもありそうなものだがね。欠点は一つもないんだから」

「はい。本人にその気がないんです。いくら言っても聞きませんので、この頃はこちらから言うのも諦《あきら》めてます」

「おかあさんが諦めてどうするんだ。本人が嫌ってる訳でもないだろう。頓着《とんちゃく》しない方だから急《せ》かしたほうがいいよ」

「判りました。近いうちに電話します」

恋愛の噂も聞かず、一向に嫁《とつ》ぐ素振《そぶ》りのない長女の真弓が夫婦の悩みの種になった。弟と妹は子供もいるのに、一人暮らしが良い、仕事が忙しい、などと未だに独身を続ける。なんと言っても女の幸せは結婚が一番よ、とまた教えてやりたかった。

そして早く、あの娘《こ》の孫を抱きたいものだと遠く東京を思った。雨はなお、しとしと降りしきる。

降り止めば忙《いそが》しい一日が始まる。翌日から建築現場に一緒に通い始めた。家事を手早くすませ、昼の弁当を持参する。免許証は真弓が生まれて直ぐ取得した。夫の仕事場に通うためが目的だった。

その約束事は真弓から始まりどの子も続いた。忙しい日は現場で授乳する日が続いた。離乳すると幼稚園にやり、双方の両親に交互に面倒見て貰った。年金、健康保険、失業保険などの資格のためと仕事上の出費を抑える狙《ねら》いがあった。

鋸《のこぎり》やのみ、曲尺《かねじゃく》は使えないにしても、運転出来るため補助の仕事は多い。お茶時や昼時の世話に限らず、時に材木を天日《てんび》に干し、墨壺《すみつぼ》を押さえる。後片付けする。それに急に足りなくなった小さな材料を買いに走った。何かと便利なため夫も当てにしている風《ふう》に見える。

材木や建材、塗料などの買い付けも一緒に回り、商品知識も多彩《たさい》になった。材料の目利《めき》きも上手になったらしく、相手の建材店から褒められる時があった。夫が形状や色合い、品質について意見を求めるときもある。

夫を同乗させハンドルを握るため仲のよい夫婦、夫に尽くす妻の噂は近所や大工仲間に評判だった。

玄関横の紫陽花《あじさい》の花芽が膨《ふく》らみ始める。雨に打たれるときの我慢強そうな花びらや雨上がりのみずみずしさが好きで君江が植えたものだった。

家事や仕事は忙しくても夫が良く気をつけてくれ家庭円満そのものだった。普段の晩酌は焼酎コップ二杯とおかずに好き嫌いはない。真弓は思い出したように電話をくれ、名古屋と大阪にいる孫たちからもくる。夫は機嫌が良かった。

ところが最近になりそれまで格別な病気もしない夫の食が細くなり痩《や》せてきた。そのうえ全身が黄疸《おうだん》みたいな症状に見えたとき、思いあぐねて病院の診察を受けるよう勧《すす》めた。

しかしいくら説得しても「ただの疲れだ。疲れが取れるとまた食欲も出てくるはずだ」。「俺の身体は俺が一番知っている、これまで風邪を引いたこともない身体だ」。「病院に行くほどじゃない」と言い張る。

夫の口調《くちょう》に押された。それでも相談して仕事の大部分を弟子たちに任せ、できるだけ身体を休めるよう工夫した。食事もさらに気を配り栄養ドリンクやサプリメントなども努めて飲んでもらうようにした。

しかし外見の様子は一向に改善しない。それどころか、今日は現場でも時折横になるようになった。

君江は素人ながら尋常《じんじょう》じゃないと心配した。働き者で通った夫が、弟子たちの仕事振りを横になって眺める。悪夢のようだった。このままでは大変なことになる。具体的な行動はわからなかったが、何かをしなければ夫はだめになると考えた。

その日の仕事が終わり、帰る途中の車の中で夫に語る覚悟を決めた。かけがえのない夫を守るため今までの戒《いまし》めを変えようと一大決心した。走り出し暫くして懇願《こんがん》した。

「工期も間に合いそうですね。良かったわ。あとはお父さんの計画どおりに進みそうですね。ここら辺でちょっと休みをいただいて宮田先生のところに行かれたらどうですか。簡単な診察だと思います。仕事も大切ですが健康がまず一番です。お父さんが病気になると、困る人ばかりです。御願いしますから明日にでも行ってくださいさい」

翌日夫はためらった挙句《あげく》、漸く近くの医院の門をくぐった。顔なじみの医者は肝硬変の疑いがあると診断し、大学病院の精密検査を推薦《すいせん》した。紹介状も頂《いただ》いた。

しかしまたも渋《しぶ》った。入院と言われたら、請《う》け負った家の契約期限に間に合わなくなる、弟子たちが困る。少し機嫌が悪かった。それでも元の健康体を取り戻して欲しかった。

真弓を初め子供たちに状況を語り、できるだけ早めに説得するよう電話した。義弟の昭男にもした。昭男は夫の尽力により高校大学と進学し現在は大手保険会社に在職して居る。

診察日以来、夫は焼酎を控えるようになった。そのため夕食時が手持ち無沙汰みたいになり会話する時間が増える。折《おり》を見て、夫に更にお願いした。

「お父さんの身体を皆心配しています。孫たちや家族ばかりではありません。昭男さんも大層心を痛めています。是非大学病院を受診するよう伝えてくれとのことでした。弟子たちも棟梁の具合が気になるようです。もし万一病気が見つかった時は、それを治して早く元気になってください。そして皆に笑顔を見せてください」

結婚以来ためしのない、しつこい言いように自分ながら呆《あき》れる。それは生活面、仕事上ばかりでなく、大恩ある夫への愛情を込めた誠心から来るものだった。それに夫婦間の身の程を強くわきまえながらも、思い余った末の嘆願だった。

何事にも控え目にあれ、これまでの自分の決意を破る結果に強いためらいがある。頑固さもある主人を怒らせる破目になれば、叱られる危険はまだしも、離縁を申し渡される可能性もある。

けれども夫の身体を真剣に考えると、敢えてしなければならなかった。自分個人の秘密や事情に構《かま》って居るべきでなかった。非礼な態度はいかような罰も甘んじる覚悟を決めた。結婚以来初めての、逆《さか》らう意見具申《ぐしん》に他ならなかった。

電話は相次いだ。しかし日が変わっても同意してもらえない。最後はお気に入りの長女を引き合いにした。

「お父さんが再検査してくれないと真弓も困ります。あの子もお父さんの身体を一番心配しています。今夜頃電話がくるかもしれません。お父さんに長生きしてもらわないといけないといつも話します。だからもしも病気だったら、早く治して頂きたいんです。そして退院したときは皆を集めて、一緒に温泉に行きましょうよ」

それが一番効《き》いた。その後は吹っ切れたみたいになり、棟梁仲間や近所の人に落ち込んだ様子もなく普通に語った。


郊外の丘は眩《まぶ》しいほどの青葉若葉に囲まれる。遠くにワシントン椰子《やし》の葉が小さく揺れる。坂を上りつめると大学病院があった。

待合室はすでに多くの人が集まり、受付も長い列になっている。肝臓専門の外来は患者で一杯になった。夫も病人の多さにびっくりしたものの、少し安堵したみたいに取れた。

受付に紹介状を添えて出した。簡単な問診、採血、数枚のレントゲン撮影、診察などめまぐるしく院内を回った。

術前検査の夜は大部屋と定められており、六人部屋が用意されていた。

夫の体調に気を配りながらベッドに夫を寝かせた。二日間は検査結果が未だ出ないため、夜は夫だけが院内に泊《と》まった。三日目は早めに着いた。正午近くになりやっと検査内容を聞いた。

結果は予想よりも厳しかった。肝臓に悪性腫瘍があり転移も指摘された。そのため放射線照射、各種の薬剤治療を行《おこな》う。抗がん剤使用も考える。その後は経過を見なければ分かりませんが、場合によっては病巣《びょうそう》切除になるかもしれないと診断された。

優しそうな表情の中年医師は不安を持たせないよう医学用語を軽く使った。遠くから包み込むような話術に引き込まれた。しかも、心配しなくてもよいですと、最新器機を駆使《くし》した手術の説明がなされる。同じような患者も最近は多いと教えられると、多くの患者を手術した医師の優れた技術が推測される。レントゲン写真を見つめる夫も承諾しない訳にいかなかった。

けれども直ちに入院とならない。手術予定者が随分多く順番待ちの状態だった。そのため一旦帰ることになった。仕事の引継ぎを別の棟梁に頼まなければならない。弟子たちへの説明、彼らの一時の身の振り方を考える必要があった。

ふさぎ込んだ主人を気分よく浮かせるにはどうしたらよいか、妙案が浮かばない。思案しながらタクシーに乗った。

長いためらいの後漸く検査を受けた。結果として、最悪の病気と見立てられた心の動揺は充分に同情できた。君江にしても悪い病気をわざわざ探し出したみたいな結末に申し訳ない気持ちだった。

夫は恐れた病名を告げられても、平静に見えた。君江はその心中《しんちゅう》を思い遣り、和《なご》ませる何かの言葉を探した。

安易な同情や慰《なぐさ》めは逆に夫を落胆《らくたん》させる。場違いな陽気さは却《かえ》って警戒させかねない。強引《ごういん》に引っ張り出したお詫びは更に病気の重大さを連想させる。妻が黙りこんでも陰気になる。迷った。結局は考えがまとまらず無口のままに寄り添うしかなかった。夫は窓外に流れる景色や町並みを無表情に眺めていた。

家に着き、紫陽花《あじさい》の花芽《はなめ》をわざと嬉しそうに口に出し数えた。気分を引き立たせるためだった。夫は黙って家に入った。

居間に立つとそのまま雑然とした庭先あたりを窓越しに眺める。その後ろ姿に、難《むず》しい病名を告知された重苦しい気持ちが滲《にじ》み出た。最悪の病気に気が滅入ったのか。そして子や孫を思い、再び普請《ふしん》する日があるのを懸念するのか。たそがれ迫る庭を前に立ったままだった。

そこには角材や厚い板薄い板、まだ利用できそうな廃材《はいざい》が山と積まれる。雑然としながらも、家族の生活を支える大切な資材から夫の息吹《いぶき》が伝わる。

手っ取り早く夕食を用意し、近づくと振り返った。来るのを待ったように思えた。目の前に夫の、吸い込まれそうな黒い瞳《ひとみ》があった。嫁《か》して三十一年、見たためしもない淋しそうな眼だった。物静かな表情に、話し掛けても良い頃合《ころあい》と考えた。

「遅くなってごめんなさい。先生は生活習慣が関係あると仰《おっしゃ》いました。私が食事や体調管理などにもう少し気を配ればよかったんですね」

「別に食事が悪いといわれるんじゃない。何時も美味しく作ってくれたよ。やはり酒と煙草なんだろう」

「それは男の人たちは殆《ほとん》どたしなみますからね」

「先生が言われたように、やはり二つの量だったんだよ。どちらも職人には付き物だしね。仕方ないよ」

「それにしても、私が少し減らしてと強くお願いすれば良かったんです。私の健康管理がまずかったんです」

健康に関する助言さえ、ややもすれば遠慮した自分の思慮の浅さと愚かさにさいなまれる。これまでの、へべれけに酔った場合も強く要請《ようせい》しなかった責任を感じた。

夫は真面目で、休日毎の娯楽施設への出入りはしなかった。夜の遊びはまったくしない。そのため、他の遊びをするでもなく、好きなものだからと大目に見た。寄り合いや宴会などで破目《はめ》をはずした時も、例外だからと愚痴をこぼさなかった。

しかしこの事態になり、発病は妻が進言しなかった重大な結果と知った。取り返しのつかない失敗となり非常に後悔した。

「俺の体は俺が先ず気をつける必要があるんだ。お母《かあ》さん、余り自分を責めちゃいけないよ」

時折の、酒量の多さを改めて思い出したのだろうか。言葉を継《つ》いだ。

「前兆はあったんだ。もっと早く診《み》てもらえば良かったんだが。臆病だったんだ。これも運命だろう」

飽く迄も自分ひとりの罪にした。若い頃から他人のせいにしないで、何もかも胸に納めてくれた。度量の大きな人だった。悲運までも丸ごと静かに受け入れようとする責任の取り方に感服《かんぷく》する。

治療による副作用や手術する悲壮感とか気負いはなかった。手術の成功失敗を含め達観《たっかん》した、さっぱりした言い方だった。それだけに大変な手術になり、その後の経過を想像すれば痛さ辛さも有り余るだろうに、と胸にこみ上げるものがある。

かねても余計な物言いはしないが、それでいてしっとりした情感を全身に漂《ただよ》わせる人だった。それだけに心に深く沁《し》みた。


肝臓病の主な原因の一つとされる過度《かど》のアルコール。結婚前に聞いたときは、酒量は普通との返事だった。仲人からも、きれいな飲み方をする青年と紹介された。

しかし結婚後に始まった、時折の多量飲酒の原因はなんだったのだろうか。心当たりがあるだけに恐れた。心の奥深くの悩みを外に出さないまま、酒に手が伸《の》びたのじゃないか。そのやりきれない心の憂《う》さを捨てるため、梯子《はしご》酒に付き合ったのじゃないか。それしか頭に浮かばない。

確かにそれ以外は考え付かない。それでも、呑んで忘れたい悩み苦しみは若しや外部にあったのか考えてみた。世間友人関係、仕事上や弟子たちのことにしろ、一切の不平不満は家に持ち込まなかった。ぼやきや愚痴なども聞かなかった。また世間やこれまで家を建てた人たち、などとの揉《も》め事は記憶にない。

そればかりか顧《かえり》みれば、夫から家や現場で大声を出されたことさえ一回もない。暴言、暴力、皮肉、嫌味《いやみ》な捨て台詞《せりふ》などさらさらなかったのに。堪《こら》えきれずに酒に紛《まぎ》らわした苦しみ、怒りの原因とはなんだったのか。それともなにかに面白さ楽しさを感じて浮かれた、偶然の深酒だったのか。皆目《かいもく》見当がつかなかった。

内面を表に出さない夫だけに心の葛藤《かっとう》は窺《うかが》い知れない。けれども、君江自身には、もしかして発覚《はっかく》したのでは、の負《お》い目《め》があった。それは隠し通したい、絶対気付いて欲しくない重大な過失に相違なかった。しかし悩みもだえた果《は》てに下した決断がばれるとは、どうしても考えられなかった。

夫が知るはずもない隠し事のその正体は、君江にとり墓場まで持って行きたい空恐ろしい極秘に他ならない。ただそれが、夫が内心に秘め続ける苦悩の源だとする証拠は全くない。これまでも数回、言動を密《ひそか》に探ってみたが、かすかな兆候《ちょうこう》も感じ取れず、そのたびに胸を撫《な》で下ろした経緯《いきさつ》がある。

君江は心底から夫を愛し尊敬していた。自分の命に代えても完全に治してやりたかった。ましてや移植《いしょく》できるものなら喜んで提供したい。恩義ある夫に、絶対に健康を取り戻して欲しかった。

「お父さん、大丈夫よ。だれにも優しいお父さんだから神様が必ず助けてくれます。それに位牌をしっかり守るお父さんだから、今度も先祖はきっと守ってくれます。私は信じています。最近は医学が進んでいると聞きます。先生も簡単みたいに仰《おっしゃ》ったから心配しなくても良いです」

それはごく自然にでた。治ってもらいたい一心だった。今まで長年一緒に暮らしてきて、人となりをつくづく見てきた。うそ偽りでない当然の心情だった。

この人は必ず神仏の加護と慈悲を両手に受けるはずだ、と揺《ゆ》るがぬ尊敬の念がいつも頭にあった。

実家の父が倒れましたと報告すればすぐさま駆けつけ見舞ったこともある。忙しい肉体労働しながらどこにその余裕があるのかと不思議がった。弟子の一人が高価な床柱を短く切りそこなった時も、表情も変えなかった。弟子をかばった。心配するな。人間誰にも失敗はある。しないように努力すれば自分のためになる。

そのように励まして、固唾《かたず》を呑《の》んだ周りの人たちを、さすが棟梁、とうならせた。長兄が父母に相次いで亡くなり位牌を継いだ。そして立派なお墓を建てた。それにお寺への参詣、布施《ふせ》も怠《おこた》らない。かねて感心する供養ぶりを込めた。

「ありがとう」

かすかに頬が緩《ゆる》んだ。寡黙《かもく》な夫の感謝の気持ちは十分に伝わる。

黄昏《たそがれ》は薄灰色の衣装をふんわりまとって忍び寄る。それでも動こうとしない二人を静かな夜の気配が包み始める。君江は蛍光灯をつけてないのに気付いた。けれども夫婦一緒のゆったりした時間をこのままそっと、暫く過ごしたかった。心持ちそばに寄った。身体の温もりが伝わる。会話は必要なかった。静寂が広がり、庭が闇に沈んだ。突然、決心したみたいに口を開いた。

「真弓に知らせてくれ。俺の目の黒いうちに結婚させる」

「今夜ですか」

「いや、四、五日後でよい。建築主と弟子たちに話す必要がある。少し落ち着いてからだ」

長女への思い入れは以前から良く耳にした。朝夕の噂話によく上る。家庭内の問題が起こるとまず、真弓を呼べ、真弓に知らせてくれの指図が出る。子どもたちには長幼《ちょうよう》の序列《じょれつ》を大切にする態度を崩《くず》さない。今も聞いて、変わらぬ子煩悩ぶりを知った。

翌日から、まだ完成してない家の後始末にかかった。弟子への入院予定の説明と今後の彼らの身の振り方を考えなければならなかった。建築主は惜《お》しみながらも納得してくれた。引継ぎを頼む仲間の棟梁は気前よく引き受けてくれた。弟子たちの希望を入れて三人の棟梁に養成をお願いした。

何時ものように深夜だった。父入院予定の電話を真弓にすると即座《そくざ》に「明日帰ります」の返事だった。「入院は長くなりそうだから、明日でなくてもよいのだが」の言葉は伝えたものの、そのまま電話は切られた。

癌の発見、手術の予定と聞いて非常に驚いたのかもしれない。以前みたいに露骨に詰《なじ》る言葉は最近減ったものの、何か怒っているみたいな口調だった。

その応対には、そこまでならないうちに、健康を見守るべき妻に体調管理の落ち度はなかったかを暗《あん》に問いただされたような気がした。

確かに仕事は忙しく煙草は吸う。酒量は多めで、荒れたことはなかったが泥酔《でいすい》も年に数回はある。追及されなかったけれども、怒りの矛先《ほこさき》がこちらに向けられても仕方なかった。そのためさらに胸がふさいだ。

数ヶ月ぶりにつながった電話が嬉しく、現況も聞きたかった。しかし取り合ってもらえない。もうちょっと優しくされてもよいのに、と切なかった。

三人の子のうち真弓独りが母の手におえなくなった。中学校に入る頃まで素直な娘だった。その後は母に対する言葉づかいが粗《あら》くなり、振る舞いもぞんざいになった。見かねた夫からたしなめられる場面もあった。お母さんを大切にしないと駄目だよと叱ってもくれた。一方、反抗期だから暫くそっとしておきなさいと妻に優しかった。

夫は真弓にお願いされると何でもかなえてやる。地元高校は断り、出費の多い県外の進学校に入り下宿になった。大学も東京を志望し住まいが遠くなった。学校は高校までにして早く嫁入りをと、のぞんだ母を完全に無視した感じに受け取れる。

夫とは極めて仲良く、なんでも相談する有り様。金銭のみならず高校、大学、会社選びも事前に相談した。大商社のれっきとした社員でありながら時折くる長距離電話も夫が掛け直して語りだす。けれども母とはごく簡単に済ませる。そのため根拠のある無視、反発と認めざるをえない。

娘のはっきりした理由がわからないため手のうちようがなかった。父親弟妹との仲は良くても、何故母親にだけ楯突《たてつ》くのだろうか。疑問が次々に湧《わ》き、仲間はずれにされたみたいで晴れ晴れとしなかった。


真弓は知らせを受けると翌朝一番の飛行機に乗り込んだ。東京の外国語学部を出て八年ほど経《た》つ初夏だった。貿易部門を持つ大手商社に勤めて仕事が忙しく、国外出張も多い。会社では位置が固まりかけた頃である。

飛行機は南国の太陽を浴びた空港に着陸した。サングラスをかけた、垢抜《あかぬ》けた姿はキャリーバッグを器用に操《あやつ》り待合室に入った。そして旅なれた足取りでリムジンバスに向かった。表情は厳しかった。

途中からタクシーに乗り継いで久しぶりの我が家に駆け込むみたいにして入った。母への挨拶もそこそこにして病室に向かった。

「お父さん、ただいま」

「おお、真弓か。早かったね」

「お父さんが入院すると聞いて吃驚《びっくり》したの。具合良さそうじゃない」

「今日はだいぶ良い。肝臓はなかなか治りにくいそうだ」

「それでも養生すれば少しずつ良くなるんだから気長に治しましょうね。絶対治るんだから病気に負けては駄目よ」

「肝臓が少し悪いだけで調子はいいんだ。お前が帰るほどじゃないのだが顔がみたくてね。急だったが会社の許しは出たのか」

「うん。もらったよ。会社の忙しいのは何時もの事です。世界が相手ですから、夜討ち朝駆《あさが》けは毎度の事です。夜中でしたが融通《ゆうずう》してくれました」

「会社に無理さしたんじゃないのか」

「いいえ。時差の関係がありますので普通の会社と少し違う点はあります。昼夜兼行にみんな慣れています。緊急でしたがやりくりしてくださいました」

「出来るだけ早く帰りなさいよ」

「いいのよ。会いたくて帰ったんだから。気兼ねなんか無しよ」

久しぶりの再会に気分は上々《じょうじょう》、話のはずむ様子が聞こえた。君江は料理づくりに忙しく、二人の睦《むつ》まじい雰囲気に入れなかった。部屋から時々笑い声が洩れた。しかし父の強気な姿勢は理解するにしても、顔色が黄色くなり病状はただならぬものに見えたみたいだった。

そのため用事にかこつけて母を台所に探し、医者からの内容を確かめた。そしてちょっと用事があるからと言い電話に向かった。有給休暇をもらって帰ったのだが、会社にその延長を申し出たのは後になり分かった。

「今度はゆっくりできるの。こんなに長く家に居れるのはなん年ぶりかしら」

病室に戻ると、さも嬉しそうに笑って両手をゆっくり上げた。そして大きく深呼吸した。家に帰れた嬉しさを、身体全体を使って思いっきり表現した。夫もニコニコしながら見守る。病気も忘れたかのような明るい笑顔だった。

けれども母には、超多忙な身体《からだ》と知るだけに電話翌日の帰郷、帰宅して直ぐの有給休暇延長申請に不安が残った。見舞いのあと、二、三日したらすぐ帰るものと予想したために、会社への申し訳なさを感じた。

その時から早速、真弓の看病が始まった。動きやすいシャツとジーパンも用意している。お母さんも少し疲れているようだから、ともしろ楽しそうに世話した。歩行も出来たがやはり身体を動かすのは億劫《おっくう》にみえる。トイレや洗面所に肩を貸しこまごまと掛かりっきりになった。

病室の隣を寝室に選んだ真弓の世話は完璧《かんぺき》だった。帰郷して三日後の夕食時、三人が病室で夕食をとった。後片付けを終わると父が娘に語りだした。

「真弓、頼みたいことがあるんだが聞いてくれるかい」

「改まって何かな。お父さんなら命令でいいはずよ」

「毎日世話してくれて有難う。感謝している。頼みたい事とは、他でもないんだ。俺も頑張るから真弓に結婚して貰いたいんだ」

真弓は一瞬黙った。父の願いをじっくり胸に畳《たた》んでいるみたいだった。

無言のまま居る娘を父が助けた。

「だれそれとは言わない。好きな人とだ」

「そんな人は居ません」

「今すぐじゃなくても良い。約束して欲しいのだが」

今度も黙った。複雑にゆれる心中を察したかのように父がまた庇《かば》った。飽《あ》く迄も父としての希望より娘の今後の身の上を考えての思いやりに取れた。

「急に言われて戸惑《とまど》うかもしれないが。気がかりなんだ」

「私にとり一番大切なお父さんからそのようにお話されると逆《さか》らえません。必ず結婚します。今はお父さんの看病に集中しますため、許していただきたいです。約束は必ず守ります」

「有難う。お父さんもお母《かあ》さんも安心したよ。ねえ母《かあ》さん」

結婚拒否の態度を父の病気が変えた。君江は若干の気がかりを持ちながらも単純に喜びたかった。これまでかたくなに通した理由はいまだに分からない。膝を交えて語りたいけれどその機会がない。真弓も語らない。鷹揚《おうよう》な夫はこれまでもたずねたことがない。原因はそのまま不問《ふもん》にされる。それでも君江にすれば、当面は看病に専念できるため肩の荷を一つ下ろした。

入院が決まったのは、真弓が帰ってから十日ほどたってからだった。そのため君江は明後日の入院に備えて肌着類や洗面具などの買い物に出た。

帰宅してそれらを整理しているとき、入ってきた真弓から、昨日退職願を送ったと聞いた。父には事後承認してもらったとのこと。

君江は耳を疑った。母も健康なのに介抱のために娘が退職するなんて聞いたことがない。父に尽くす気持ちは頷《うなず》けるものの、そこまでしなければいけないのか。せめて年休など全てを使用してからでも遅くはないはずだ。

「早まったことをして。どうして相談してくれなかったの」と叱った。真弓は俯《うつむ》いたままだった。まだ言い足りなかった。猛勉強して立派な大学に入り、将来性のある会社に入ったのに母親に了解を求めずにあっさり辞めるなんてどういうことなの。お父さんは高校から大学までの学資を作るために大層な難儀をされたのよ。

退職願を出す前に事前に話し合うべきじゃなかったのか。それに大学病院は完全看護だから付き添いは要らないと話したはずよ。何時の間にか貴女は母親の意見を求めないようになった、の愚痴もこぼれた。それに返事はなかった。幼いころ母への親しさを示していたことにもふれ、つい涙声になった。それにさえも反応はなかった。

決して手術の失敗などありえないのに、決意が並大抵でないのを感じた。何故そこまでするのかと不思議がった。育ててくれた父への愛情と感謝のしるしか、それだけなのか。それにしても度が過ぎているのでないか。

高給と将来の可能性のある身分まで看病のため、惜しげなく捨てるなんて世間じゃまだ聞かない。気風《きっぷ》のよさ、思い切りの良さなどの性質では片づけられない。無理がある。結婚、その後の職業など自身の将来性を真剣に考えた末の判断なのだろうか。並外れた行動の原因は何故なのか。それほどまでに娘を夢中にさせる根拠は何なのかと考えた。

しかしなんにもわからない。全ての想像は宙《ちゅう》に舞《ま》った。

それにしても入院を前にした母娘《おやこ》喧嘩は夫に申し訳ない。少し落ち着いた時にまた話し合うということにして一応中止しなければならなかった。

母親は精神的に激しい打撃を受けた。父への並大抵でない貢献度の凄《すご》さ、程度が違う。世間の娘たちがする例と比べ明らかに違う種類のものだと感じ取ったからだった。

入院の朝、今度は親娘《おやこ》三人一緒に大学病院の坂を登った。君江にすれば真弓退職に気持ちが滅入り込んだものの何とか取り直した。まずは夫の入院を安全に済ませなければならない。簡単な手続きの後とりあえず六人部屋に案内された。ベッドの並んだ明るい部屋は術前の人たちばかりだった。

完全看護のため付き添いは原則禁止され、見舞いは時間制限がある。数日はそれに従うほかなかった。

夫の病状が重症らしいのは、母娘《おやこ》呼ばれて教えられた。手術は予想以上に時間がかかった。以後はレントゲン照射と抗がん剤投与も続ける必要があった。

夫は手術室から個室に移ると暫く眠ったままだった。


入院見舞いに貞敏と京子が家族とともにやって来た。賑やかな顔がそろい夫に弱弱《よわよわ》しい笑みがこぼれる。真弓も顔なじみの甥や姪に囲まれ随分英気を貰ったようだった。三日後一行は帰った。

一週間後入れ替わりに昭男夫婦が娘の信子を連れて見舞いに来た。夫も心待ちしていた。お前こそ大丈夫か。身体に気をつけろよなどと忠告したりする。弟は兄の腕や足をさすりながら、「兄さん、立派な医者がついているから大丈夫だよ。元気になってくれよ。退院したら義姉《ねえ》さんと一緒に東京見物させてもらうよ」などと笑顔をかわしながら語り合う。

　そこには仲睦まじい兄と弟の微笑ましい姿が見られた。会話続きに夫が疲れると自然と家族控え室に移った。

「義姉《ねえ》さん、手術はどうでしたか」

「少し長くかかりましたが成功しました」

「良かったですね。おめでとうございます。兄は親孝行もいっぱいしました。ご存知のように私も高校大学と進学さしてくれました。兄なしには私の人生は語れません。忙しさにかまけてまだ何も恩返ししていません。これを機会にしたいと思います。義姉《ねえ》さんどうか兄をよろしく御願いします。真弓ちゃんも会社を辞《や》め介護しているると聞いています。頭が下がります。兄は果報者《かほうもの》です」

　昭男の目が潤《うる》んでいるのをみた。真弓に深く礼を述べたのは後になり知った。短い間だったが二人は、兄弟愛に満ちた濃密《のうみつ》な時間を過ごした。

　母と娘の奮闘が再開された。長い入院生活を予想し、どちらも疲れ過ぎないように工夫して時間を区切った。

付き添いは何かと忙しく、病院から帰ってからの夕食時がやっとくつろげる場になった。

退職届には上司や同僚たちから慰留《いりゅう》の電話が夜を待って相次いだ。取り成しを頼まれた君江は、それに力を借りて退職願の撤回《てっかい》を迫った。

「部長さんは退職願を一時預かっているからと言ってくださった」、「急に変化する病状にないのだから一旦会社に帰って」、「術後の医療体制が整っているのだから心配要《い》らない」、「困ったときは電話するから」と語気《ごき》を強めた。

それは娘の、これからの長い人生を気遣っての親心だった。巨大商社に勤めて通関業務のスペシャリストとして、その才能が会社から強く期待される。

聞いたところによれば大量、高価、貴重な内外財貨を運ぶ貨物船と飛行機。空路来日する経済人。関係者と商談し打ち合わせするため堪能《たんのう》な英語力が必要だった。

友人たちによると交渉術にたけ、会社にとって重要にして不可欠な人材だった。その情報は同僚たち数人から聞かされた。育てた親にすれば思惑《おもわく》をはるかに超《こ》える働き振りだった。

それらを勘案《かんあん》した。母として人生の先輩として真剣に訴えた。

「人生の目標とした会社に就職した有り難さを忘れてならない。会社や友人からこれほどまでに求められて居る」

敢えて難しい受験校に自分を追い込み、会社もたったの一社に絞った。計画通りその職場で活躍している。それを成し遂げるには涙ぐましい努力があったのだ。忘れてならない。それを強く意味したものだった。

連夜に及んだ。説き伏せるための科白《せりふ》の最後に夫を引き合いに出した。

お父さんも本音《ほんね》は貴女に辞めてもらいたくないのよ。しかし貴女に甘いから言いなりになったのよ。お父さんの本心も察して欲しい。子供は親の看病するよりバリバリ働いてくれるほうが嬉しいものよ。復職してほしい。そうすれば、それは良かったと必ず喜んでくれるはずよ。

真弓はその間中、いろいろな母の勧めや教え、諺《ことわざ》、生きる上の注意、人生訓などを黙って聞いた。簡単な答えしかせずに、しかも嫌な顔一つ口答え一つしなかった。従順《じゅうじゅん》にさえも見えた。そのため母には、これまでの角度を変えた口説《くど》きの数々が成功したかにとれた時があった。

でも必死の呼びかけと泣き落とし、生母の威信を掛けた忠言は、数日後最後にやんわり断られた。意外と柔らかい調子だった。丁寧に対応された。

「有り難う、お母さん。嬉しいわ。そんなに心配してくれて。お母さんが陰になり日向《ひなた》になりして、いろいろ考え教えてくれるので大変助かってるの。有難く思っているの。だけどね、お父さんが重い病気のときこそ付き添って居たいの。お父さんだけに私の持っている力で専念したいの。

だって今までいろんな我侭《わがまま》も随分許してくれたし、この歳まで慈《いつく》しみ育ててくれたんだもの。こんな時でないと恩返しが出来ないように思うの。親子の間で恩返しなんて適当じゃないけれど、全てを失っても尽くしたいの。

受験の勉強、会社の働きぶりを褒めていただきましたが、直接お父さんの力にはならなかった。それらは自分が生きるためにしただけのこと。けれども現在がまさに、お父さんを助けられる、そのときなの。そこのところを、お母さんわかって欲しいの。私の持つ力を全て出したいの。

結婚の約束を守るため、こちらでも考えているのよ。お父さんに似た、包容力のある人を探すつもりよ。後の仕事は心配しないで。ずっと心にかけてきた計画があるんだから。

何も気にしなくていいのよ、安心して見守ってください。お母さん、どうか御願いします」

親子でありながら、どちらが母であるのか分からないような気がする。言う内容も親より一枚上でしかも筋が通る。夫の名前を出したが効き目はなかった。結婚も、これからの仕事も両方とも考えて居るとの報告にはこれ以上、口を挟む余地もない。気掛かりは残っても、梃子《てこ》でも動かない態度に引き下がるほかなかった。

不思議に夫は娘の退職について賛成も反対も洩《も》らさない。病床の夫にも頼んだ。あの子は確《しっか》りした考えの持ち主だ。心配要らないと、安心しきっている。そして相変わらず仲良く、介抱してもらっている。信頼のあまりそうなるのかそれとも放任か。若しくは何か心積もりがあるのか。その見極めは難しい。別に長い話はしてないといつか夫に聞いたものの内緒の話でもありそうな親子。眺める側にすれば、丁重《ていちょう》に蚊帳《かや》の外に置かれたみたいで寂しさに小さい妬《ねた》みが加わりそうだった。

2

ちょうどその頃、夫の病状が少し安定したため大部屋に移った。手術直後の患者を入れるための病院側の申し出によった。

大部屋は個室のような泊まり込みは出来ない。二人の日程も割と楽になった。一日おきの病院行きにしたかったが、真弓が〝します〟と譲《ゆず》らない。休養とか用事の時は加勢するという形になり自然と真弓中心になった。

それにしても妙齢《みょうれい》の娘が化粧もせず作業着姿で毎日付き添う。それは仲良しの父への、親思いの行動として大勢の眼にとまる。そして親がほめられる。見守り続ける母はこれまでの、的《まと》はずれの僻《ひが》みや焼き餅の類《たぐい》を恥じた。愛された長子として当然の愛情に他ならないのを気づいたからだった。

娘が父の長命を願い、その延命のために最善を尽くすことは当然の義務ともいえる。割り切れば一点の曇《くも》りがない。分かっていた積もりの常識がまだ足りなかったのを知った。

三度の食事作りと洗濯が主な日課になった。けれども結婚の実行を早めさせる役目がまだあった。退職阻止はもう諦めて、早いうちに結婚させたかった。看護と結婚は両立できると、ふと考えついたからだった。相《あい》も変らぬ母親のお節介《せっかい》だと自分でも思っていた。

言い出すと、懲《こ》りずにまたですかと怒られそうな気もしたが、病床の夫に婿を見せられるだろうかの焦りもある。それに婚期《こんき》を逃しそうな年齢がやはり気になった。

朝出る時の真弓の調子を思い出し、チャンスを待ち続けた。今朝は割合良かったとみた。そのため夕方帰る娘に奮発《ふんぱつ》して料理を作った。テーブルクロスを新しいのに代えた。好みのワインとお気に入りのソーセージも用意した。鼻息をうかがうような行動は直ぐに見破られそうで可笑しかった。それでも話の糸口をつかみたかった。

食べながらタイミングを見計らった。真弓がワインを再び注《つ》いだとき、じんわりと探《さぐ》りを入れた。

「今日のお父さんどうだった？」

「うん。昨日と変わらなかったよ」

「毎日頑張ってくれて有難いよ。おかげでだいぶ楽させてもらっているよ」

「お母さんも家事は適当にしなさいよ。疲れすぎたらお母さんも入院になるかもしれないからね」

「有難う。たまには息抜《いきぬ》きさせたいんだけどね。映画でも観《み》にいったらどうだい？　友達とたまには居酒屋もいいよ」

「そんなこと考えてないよ。中学の頃の仲良しも県外だしね」

「あ、そうだったね。麻紀さんも福岡だったね。話は変わるけどお父さんとの約束早めに守るようにしてね」

「分かってます。考えているけれど、今は手一杯です」

「そうだよね。何とかならないかね」

母親には今すぐと言うわけにならない難しい現実はわかった。でも夫の状況を考えた時両立できないものかと更に粘《ねば》りたかった。娘が父親最優先の考え方のままで、結婚問題に少しでいいから踏み込んでもらえないか。

「約束はお父さんを大層喜ばせてくれた。いろいろ言うと押し付けるみたいになって心苦しいけれど、病気が続きそうな気がする。お父さんを喜ばせるために少し結婚を早めてくれないかしら」

「わかってるけど。急いで出来るものじゃないでしょう。考えているんだからあんまりせかさないで！」

当然のように怒られた。仕事にいい加減な妥協を許さないと上司から高く評価される娘に返す言葉がなかった。自分だって立場が違えば、そう言うかも知れないと思った。気分を損ねた様子に引き下がった。しかし顔かたち、立ち姿など遜色《そんしょく》ないと思う娘にこれまで恋人の噂のないのが幾ら思案しても不思議だった。

病気が長引く成り行きになれば遅れるかもしれない。しかし真弓も真剣に考えて生きているのだ。真弓を信用すれば良いのだ。そのうち必ずいい話があるはずだ。

母は口直しにワインをついだ。真弓は素直にグラスを傾ける。仲たがいにならずにすみ、良かったとホッとした。

夫が時折痛みを訴えるようになった。そのため再び個室に入った。簡単な食事が作れるキッチン付きだった。付き添いの食事は自分たちで用意する条件だった。

付き添い当番は一応順番にとしたが真弓は予定外にも顔を見せる。そのため君江が洗濯、差し入れの用意のため予定日以外に休む日があった。

病院は市街地を遠くに望める高台にあり、病室から入り海が近くに眺められた。窓越しに広がる海は向こう岸の低い山並みを背景に、湖みたいな風景になる。出船入り船、視界を横切る大小、形とりどりの船は、漂《ただよ》う釣り舟も賑やかに、眺める者を退屈させない。どこへ。どこから。どんな人たちが乗っているのか。何が釣れるのか。想像は止《とど》まる所を知らない。

うっとりするままに眺めると普段の落ち着かない気分もなくなり、しばしみとれる時間を過ごした。看護に疲れた身体と心は窓外の眺めがいい薬になった。夫が寝付いたとき独りになると、よく窓辺に立った。

職場に戻りなさいと追い返しかけたが、真弓の加勢は大分助かった。まず疲れが少ない。病室内に笑いが起こる。老夫婦だけの湿《しめ》りがちな会話より、話題に真新しい幅が出て面白みが増した。

世界を飛び回った娘の旅行談は実に面白い。外国映画やテレビに出演する俳優たちの噂や消息を語るときが真弓も楽しいみたいだった。外国の珍しい話や名所旧蹟《きゅうせき》をジェスチュア交えて教える。

旅行に縁のなかった夫も若い頃観《み》た、外国映画を思い出したりする。殊に昔の、主人公の演技や科白《せりふ》、その場所は幾つか記憶に残るらしくときおり訊ねたりした。

真弓は物知りだった。感情込めて丁寧に教える。最近、口数が少なく、おまけに滅多に笑わない病人が時折口を挟《はさ》み微笑《ほほえ》む。それを眺めるのが何より嬉しかった。

入院が長くなると自然に付き添い仲間と仲良しになり立ち話するようになった。廊下、湯沸かし場、家族待合室などで寸時もたれた。病気に関係する情報交換があり、患者ごとの悲しみと喜びの人生ドラマが見聞きされる。

真弓の献身的《けんしんてき》な介護が殆どの人から激賞される。感心な娘さんを持って、お父さんも幸せですと褒めたてられる。お勤めはどこでしたの、と聞かれるからやむなく正直に答えた。

先日は外人と笑いながら立ち話されてましたわ、身振り手振りで驚きましたわ、などを耳に入れると、つい鼻の高くなりそうな場面になる。娘が自慢に思えるときがあった。夫にそれらの話を紹介すると、そのたびに喜びを顔に表《あら》わす。口には出さないものの、誇りに思っているのだと思うときがあった。

スーツから作業衣へ。高給から無給へ。境遇の激変にすんなり耐えられる度胸の良さがある。わが娘《こ》ながら見上げたものだと賛嘆《さんたん》せずに居られない。同時に娘を世間の人にほめられる人間に育ててくれた夫にも深謝の気持ちが起こった。

それらの評判は若い頃からの考え方、女の幸せは結婚が一番、をぐらつかせるのに十分だった。真弓の生き方、特に職業観についての母親の意識を一部変えさせる結果になった。

化学治療の副作用らしく以前から少なかった食欲が暫くするとめっきりなくなった。その頃から市販の漢方薬も併用するようになった。

付添人仲間から、治療後におきる脱毛とか食欲不振、吐き気など教えてもらい予備知識はあった。それでもその症状が実際に始まり次第に酷《ひど》くなると、心が痛んだ。

食事は真弓が食べさせ上手なためにある程度とった。薬の飲ませ上手といい、回復を願うにはかけがえのない看病人になった。

病状はすこしずつ重くなり、毛髪が少し抜け身体全体が更に痩せてくる。そのようなとき、再手術の人、亡くなる人を目の当たりにすると、なお一層不安が持ち上がる。反面、全快して退院する人に挨拶されると、羨ましさとともにその都度、退院の日を強く祈らずにいられなかった。

病室に居る時は明るく振舞っても、胸の中に広がる病気への恐れは抑《おさ》えようもなかった。太かった腕が細くなり、日焼けした顔面も奇妙にくすんだ。せめて真弓の結婚を見届けるまで生きて欲しい、と祈り続けた。

一方、友人たちからの説得は次第に遠くなり、退職が認められる形になった。

現代医学最高の治療が続けられるなか、完治《かんち》の方向に向かってない経過は担当医から知らされた。その事実は真弓とともに聞いた。むしろ深刻化する様相にあった。医学に対するもどかしさを覚えた。諦めてなるものかと自身を奮い立たせた。打開のためさらに施《ほどこ》すべき治療法は別にないものかと真弓と真剣に語り合った。

丁度その頃だった。

君江は病状が悪くなるに従い、有《あ》ろう事か、悲しみだけじゃない邪悪な感情の芽生えがあるのを知った。愕然《がくぜん》とした。心の中にひそむ闇の部分を垣間《かいま》見た気がした。恩義ある夫に対して何故その様な悪賢《わるがしこ》い気持ちになれるのか。考えるだけでもおぞましかった。本心のどこにもあるはずのない邪《よこしま》な感情のかけらが何故どうして突然生まれたのか。奇怪としか言いようがない。自分でも考えられない。自分が嫌になった。

夫の全快第一を目指す、娘との緊密な関係が出来上がっている。その努力を惜しまないにも拘らず、目標から大きく逸《そ》れた危険なものだった。

若い頃、自分を守るため形振《なりふ》り構わず、悪知恵を使った。親の目を誤魔化しても妻の座が欲しかった。利用した相手が無力になれば、たちまち恩知らずな女になり下がる。身勝手な女心の迷いが浅ましく侘しかった。たとえそれが瞬間にあったにしろ、秘密を知ったかもしれない人間の死を願う、怪しい心の動きが情けなかった。最高の恩人に対する不謹慎《ふきんしん》な性格を示すものであり、内心にくすぶる疎《うと》ましい自身の本性をひどく嫌った。慌てて強く打ち消した。

決して、神仏に誓って悪意はないとは言え、常日頃の、不安に揺れ動く、疚《やま》しいことがある性悪女の心の裏を見事に映《うつ》し出したものだった。

脛《すね》に傷持つ女の、いざとなると豹変《ひょうへん》しかねない、誓いの危うさを見せ付けられ自分でも怖かった。自己保身願望のえげつなさにあきれ返った。心の緩《ゆる》みを示すものだけに強く咎《とが》めて、厳しく自身を諌《いさ》めた。

その夜の付き添いは母の番で娘は明晩の予定だった。夫は寝入っていた。

思い詰めた様子で夜、病室にひょっこり姿を見せた。何がなんだかわからなかった。余りの、切羽詰まった顔色に何事が起こったのかと不審《ふしん》に思った。そのため家族室の許可を貰った。入るなり真弓は一気に喋《しゃべ》った。

「お母さん、ふと浮かんだことがあるの。お父さんが死ぬなんてあるわけないよね。死んで喜ぶ人って居ないわよね。死なないまでも何も言えない寝たっきりにならないわよね。そんなになるのを待っている人って絶対居ないわよね。誰にも優しくて親切で仕事ができていろんな人を励ましてくれ救ったんだもの。きっと必ず元気になるわよね。ねえ、そう思うでしょ？」

時が時だけに勘《かん》が鋭いのにびっくり仰天《ぎょうてん》した。霊感を受けたのじゃないかとドキッとした。胸の中を見透かされたみたいでぞっとした。冷や汗が出た。

あまりにも突飛《とっぴ》な質問だった。考える暇も整理する暇もなかった。じいっと真正面からみつめてくる娘の真剣な瞳に圧倒された。

それでも、心の中を完全に知られた訳じゃないが同時に、母のもつ医学にたいする信頼も印象付けなければいけないと考えた。

「お薬もだいぶ飲んだし照射もだいぶしたしね。癌が小さくなるかもしれないと仰《おっしゃ》ったからね。もう少しすればうまく消えるかもしれないね」

受け答えが微妙に食い違ったのを直後に悟った。答えた後で直ぐに質問の意味に気付いた。

娘の問いは治療法の是非、効果の有無だけじゃなかった。瀕死《ひんし》の病人を取り巻く人間の人間性に問題はありませんよねと確認を求めたものだった。父の死を望むみたいな恩知らずな人は居ないことを確信し、実母に同意を求めたものだった。それでも回答になると思った。案の定即座《そくざ》に否定された。

「違うの、お母さん。充分にして頂いた照射や注射、薬、看護だけでなく天の助けもありそうに思うの。神様だってこんな素晴らしい人間はまだ死なせるわけにいかない。もう少し人間を救うため生かしてくれると思うの。先祖様だって、貞蔵にはまだ早すぎる、貞蔵は沢山良いことをしたから今回は助けてあげると寿命を延ばしてくれると思うの。こんなに素敵な人間が厄介な癌だとしても死ぬわけがないように信じたいの」

それは単刀直入に言えば、汚《けが》らわしい秘密を守るために、父の死を望んでいるかも知れないみたいな人間は居ないですよねと念を押されたような気がした。

娘は一般的な意見を伝えたが、突然不思議なひらめきがあったのだろうか。もし意識的な発言とすれば、誰も知らないはずの母の忌《い》まわしい罪を裏の裏まで全部知り、疑ったことになる。それが恐ろしかった。頭の中はめまぐるしく回転した。

妻として気遣い愛する気持ちは誰にも真弓にも負けないはずなのに、答えは的《まと》を外れた。それればかりか現実に悪化しているのに、最後に誰もが縋《すが》る、神仏を口にしない失態《しったい》を見せた。

何がなんでも必ず助ける、の熱意不足、手術やレントゲン、薬剤だけに頼らない力強さがない。恩人を生かすための執念不足の心根にとられても仕方なかった。質問の意味を取り違え、またしても情けなかった。

娘の質問の意味さえ読みとれない、夫への愛に乏しい妻と自嘲《じちょう》するしかなかった。

言われて初めて、やっと娘の質問の真意を探り当てた。

「そうだよ。前々から考えていたんだよ。最後は神様と仏様が救ってくださる。お父さんの善行をみていてくださるとね。死ぬはずがないよ。神仏が必ず助けてくれると信じている」

「だから、お母さん。お母さんも一緒に祈ってね。絶対死なせないで下さいって」

生みの母が、いたずらした幼児を諭《さと》すときみたいな、落着いた顔が目の前にある。澄《す》んだ瞳に正面から見詰められた。危《あや》うく先にそらすところだった。備《そな》わるはずの生母の威厳は跡形《あとかた》もなかった。

真弓は語り終わると忙しそうに立ち去った。今からお参りに行くと言う。闇夜の道も怖《こわ》くないという。お父さんが生きている限り私を守ってくれるという。

最新医学による治療の効果なく、信仰頼みの道だけが唯一残された。日夜を問《と》わない、たび重なる参詣は娘の変わらない最近の日課に違いなかった。

まるで娘に説教されたみたいな、ばつの悪さは個室に戻っても拭《ぬぐ》いきれなかった。眠ったままの夫は目覚めなかったが厚顔無恥《こうがんむち》な女の哀れな体面は辛うじて保《たも》てた。そのような母でも、最後まで追及しない娘の温情にどうにか救われた。

病状が更に悪化した。食欲は殆どなく、食べたいものを訊ねても首をゆっくり横に振った。医師の了解を得て、以前好きだった焼肉、魚の照り焼きを並べたが受け付けない。栄養注射が打たれ続けた。痛々しい注射の跡が夫の誠実さと我慢強さを物語る。

母娘《おやこ》が交代で作ってくる昼のスープ、スプーン一杯と夜食のおかずの野菜一切れだけが僅かに喉《のど》を通った。

毛髪は随分抜け落ちた。面影はまだ残るが、以前の精悍《せいかん》さはない。顔色はやや青白い。夏蒲団から伸び出る細い腕に生気はなく薄い皮膚が張りついている。かつて木槌《きづち》を自在《じざい》に使い、梁《はり》を渡した、節《ふし》くれ立った指は干《ひ》からびた。逞《たくま》しかった腕は見る影もなく痩せて、痛ましい。

ほぼ一年余りの入院生活になった。その間、病室の重苦しい気分を和《やわ》らげたく花瓶の花に気を配った。中心の花は真弓と珍しく好みが合う白菊を探してさした。夫もゆっくり頷く。最近はハウス栽培の花も出回り、容易く買えるのが良かった。

白菊に真弓は格別な想いがあるみたいだった。理由は聞けなかったものの、趣味に共通するものが見つかったのは思わぬ収穫だった。それを知ったせいか、相手の心の中が未だに確認できない君江にすれば、一緒に花を眺めるときが、純粋に親子の触れ合いを感じ楽しむときになった。さらにその上に、母と娘の間にある溝を白菊が埋《う》めてくれそうな気がした。その思いを大切にするため、花はできるだけ新鮮なうちに替えるよう心掛けた。

「おい、真弓は？」

目を覚ました。だいぶ頬骨の出た顔を回し、少ししわがれた声で尋ねた。下の売店に出して暫くしたときだった。

「すぐ帰ります。白湯《さゆ》持ってきましょうか？」

「そうじゃないんだ。早く婿を見たいもんだね」

「そうですね。催促します」

「頼むよ」

「先日、お父さんに似た人を見つけるって言いました。考えているようです」

「頑固者《がんこもの》は、居ないんだが」

「あの子の事ですから、必ずお父さんの前に連れてきます」

それを聞くと安心したように目をつぶった。声がかすれている様子に君江は時間との戦《たたか》いだと思った。出来るだけ早く実現するように、叱られてもいいから催促《さいそく》したかった。

真弓が長時間の介護の合間にありとあらゆる神社お寺に遠近を問わずに忙しく参詣するのは承知している。個人的に使う余裕は片時もないはず。恋人を探す時間は至難《しなん》の技《わざ》であるのにと同情したかった。

それでもその夕方、交代に来た娘に夫の切なる願いを伝えねばならなかった。一段落した後、やはり家族控え室を借りた。

「今日、お父さんが、婿を見たいと仰《おっしゃ》ったの。あんまり可哀想なのでつい、あの子は必ず連れてきますって言ったのよ。あのような容態になっても貴女のことしか言わないのよ。何とかならないものかね」

「今になって慌《あわ》てるなんて私が悪いのよ。お父さんが言われる通りよ」

暫く沈黙の後、真弓が語った。

「お父さんを絶対裏切りません。今夜お父さんの状態が良かったら、以前父に似た友人が居たことや結婚できなかった事情も含めてゆっくり話します。急ぐ旨もはっきり告げます。お父さんはきっと分かってくれます」

父との約束を守る姿勢をきっぱり言い切った。母は安心して帰路についた。

翌晩、夫は噛み締めながら語った。何回も途切れたがよほど嬉しかったのだろう。

「昨夜話してくれたよ。涙がこぼれたよ。安心したからと伝えてくれ」

聞き取り難《にく》かったが正確に聞こえた。真弓は約束の半分を果たした。夫に是非、婿を見せてやりたかった。

入院したものの一年半あまりで家に帰った。手術への不安を抱きながら眺めた紫陽花がまたも枯れ、かえでが今年も色づき始めた。初霜が噂になる頃になった。

癌は既に全身に広がり、必ずしも退院できる状態になかった。本人のたっての希望を聞き入れた病院の了解をやっと貰った。主治医は首をひねったが定期的な投薬と診察を受ける。その上で、家での治療を名目にしたものだった。

本人には入院希望者が多く、家庭治療が許される人だけ許可されると説明した。

真弓は初め反対した。しかし父の意思を尊重する態度に代わった。

　何時もの薬と当分の痛み止めの薬を持参する必要があった。車椅子を利用する不本意な帰宅に、介添えして帰った。真弓は、顔色も明るくはしゃいで父に語りかけていた。

　夫は久しぶりの帰宅に、更にかすれた声をしぼるようにして喜んだ。ベッドの上から家の中や庭あたりに首を回した。君江は資材のある庭あたりが見えるようリクライニングベッドを起こした。見慣れた景色を前にして以前を思い出したらしい。あちこち眺め、指差したりした。

　しかし数日たつとそれさえも長く続かず、すぐに退屈した。材木や愛用した軽トラックに目をやるものの、興味なさそうにすぐに目を外した。身体の衰弱は素人目にもあきらかだった。

　真弓は民間療法記事を見つけると雑誌を買った。母に相談し父にも教え食事療法に取り入れる。薬草を煎じ錠剤を数えて飲ませた。根気良く飲めば次第に効《き》く、必ず効《き》きます。漢方薬の長所を三人とも信じた。しかしその後も病状は改善せず、病人の前では見せられない失望があった。

病気の勢いに、君江は台所に下がると泣いてばかりいた。癌は妻の不注意がひき起こしたものだと娘に謝り泣いた。健康のための食事療法、定期的な受診、節煙節酒を実行させなかった悔いを涙ながらに語った。

真弓は母の涙の反省を黙って聞いた。しかし看病ぶりは夜も眠らないくらいに更に徹底した。

君江は工夫して夫の好む料理を作ったが、殆ど受け付けない。疲れるのか瞼を閉じる時間が長くなった。

真弓も諦めなかった。霊験を噂され、地元の人々に篤《あつ》く信仰される観音堂から、平癒祈願《へいゆきがん》の御札《おふだ》を貰ってきた。何かにつかれたように神社とお寺、祈祷所を走り回った。

息子と娘、孫や昭男から名物の品に有名な社寺の御札《おふだ》が添えられてくる。親族も来る。一族総がかりの祈りが届けられる。

昨夜はまた痛みが酷く、痛み止めの注射も効かない。往診の医者が帰ったのは真夜中を過ぎたころだった。

手と腕をさすり、足を揉みながら、寝ようとしなかった真弓がやっと隣りの寝室に入った。君江は何時の間にかベッドに頭を乗せかけて眠り込んだ。引き込まれるみたいに気持ちが良かった。誰かが遠くで呼ぶような声がして頭をやっと上げた。主人だった。腕時計は夜明けまで未だ遠い時刻を指していた。

「すみません、眠ってしまって」

「済まないね、いつも。向こうで、休みなさい」

弱々しい声がとぎれとぎれに掛かった。

「いえ、もう大丈夫です。湯冷《ゆざ》まし持ってきましょうか」

「いらない。まだか?」

かすれた声で言うと目を閉じた。未だか、の意味は婿のことだった。

「まだなんです」

そのとき真弓が不意に襖《ふすま》をあけた。眠れずに居たのか、人声が聞こえたらしい。

夫が薄く目を開けた。

「なに話してたの?　お父さん」

父は右手をゆっくりと布団から出し、握手を求めた。真弓は両手に挟んだ。かすれた細い声がかかる。

「有り難う。寝なさい」

「大丈夫よ。若いんだから」

それが父と娘が交わした最後の会話になった。真弓は父が眠りに着いたのを確認すると傍らの母に問い掛けた。

「お母さん、貞敏などにすぐ帰るよう電話したらどうでしょう」

「私も考えてたところよ。昭男さんも含めすぐに帰るよう連絡して頂戴」

直ぐに連絡され、貞敏、京子、昭男、昭男の家族は朝の一番で帰ってきた。主《おも》だった親族も集まった。


それから二日後の早朝、こんこんと眠り続けた貞蔵は還暦を待ったかのように亡くなった。妻と子供をこよなく愛し、職人気質《かたぎ》に徹《てっ》した生き方の死だった。

臨終を見取った真弓はその時、目に涙を一杯ため忍び泣いた。

その日は悲しみもひとしおながら、君江にとり居心地の悪い一日になった。死の遠い原因は自分にあると強く自覚したからだった。

相互信頼であるべき暗黙の夫婦約束を破った。それに愛を装《よそお》いながら、裏切り続けた仕業《しわざ》が重くのしかかった。陳謝《ちんしゃ》しないばかりか臆面《おくめん》もなく、温厚な性格を逆手《さかて》に取り騙し続けた。狡賢《ずるがしこ》い、我が身の憐れむべき軽蔑すべき性《さが》に唇を噛《か》んだ。そのため己《おのれ》を責めた。恥ずべき行為を責め続けた。最早歩けそうになかった。それでも喪主としての客への応対と告別式までの一連の忙しい準備が待った。そのため貞敏を呼び通夜から葬式に及ぶ一連の準備と進行を頼んだ。

一方、哀しみに浸《ひた》らずに座布団や湯飲みなどを用意する真弓の姿は目の端にあった。時折瞼を押さえる仕草がある。連日にわたる介護、昏睡《こんすい》に入ってからの寝ずの番、東京から帰って以来の身を粉《こ》にした尽力、それらの日々、夜毎の疲れを全く感じさせない。驚異的な忍耐強さに頭が下がった。

通夜は子たちの協力で無事終わった。

翌日の午後、葬儀場に移した告別式は予想より参列者が多かった。親戚関係、交友関係、建築関係、以前の弟子たち、見知らぬ人も居る。全て誠実な夫が築《きず》いた人間関係に違いなかった。出席者の多さは生前の交遊の広さと遺徳を表《あらわ》すものと親族の間に囁《ささや》かれた。

その中に真弓関係の友達が居り、大学の先輩も駆けつけた。退職した会社からは重役、元同僚を含め数人の姿があった。礼儀正しい彼らの振る舞いはひときわ人目を引いた。

母にすれば形は別にして、隣に座る長女が真の主役だった。彼女を通して自分があるのだと認識した。

式が始まり、故人を褒《ほ》め称《たた》える弔辞《ちょうじ》が進む。親友がしみじみと挨拶した。

「人物の本当の値打ちは棺《ひつぎ》を覆《おお》うて後に定まると言われます。けれど功だけが多く全く非の打ち所のない人でした。接した人は誰でもそのような印象を持ちます」

親友の弔辞に君江は良心をかきむしられた。その後も人柄を偲ぶものにあればあるほど、罪の深さに胸が痛んだ。犯《おか》してはならない罪をついに隠し果《はた》せた満足感、優越感はどこにもなかった。罪悪感ばかりが残った。

夫への賛辞《さんじ》が続く席に心の休まるときはない。子ゆえの闇と、とっさに屁理屈《へりくつ》をこねて、自己弁護した自分は身の程《ほど》知らない愚《おろ》か者だった。幾度となく味わった苦《にが》い思いに今日もまた打ち沈んだ。

母と対照的に、真弓は凜《りん》とした姿を参列者に見せて座った。それは亡き父に慈《いつく》しみ育てられた有難さを持つ女性の誇りにみちた容姿に他ならなかった。堂々《どうどう》としていた。わが娘ながら、歩んで来た道の確《たし》かさが違った。

喪主挨拶は貞敏が行い式は終わった。

最後の、納棺《のうかん》になると真弓は眼に父の顔を焼きつかせるみたいにして離れなかった。君江は万感の思いをこめて深く頭を下げた。


火葬場への道に初冬の草花が揺れる。そこは小高い丘を少し下ったところにあった。焼き場の所定の前に立つと、真弓は急に鬼気《きき》迫る表情に変わった。死に顔に触《さわ》り胸に触《さわ》った。敬愛して止まない父への、断ち切れぬ未練を隠そうとしなかった。別れを惜しむ悲嘆の声がその場に満ちる。死者との別れがたい思いに深く包まれる。

一同がようやく骨壺に納めたのは約一時間ほど後だった。貞敏が遺骨を胸に抱き帰途のバスに乗った。

焼き場の短い坂を登りきり、午後の薄い冬日が射《さ》していた。バスは寡黙になった人たちを乗せて走る。

突然車中から驚きの声が上がった。従兄《いとこ》が窓の外を指差す。季節はずれの白い蝶が見えた。羽が破れているのか浮力をつけるためしきりに羽を動かす。バスを先導するみたいに、時には長い距離を並行《へいこう》して飛ぶ。従兄《いとこ》が冬蝶の健気な姿に感嘆し、この寒空に何故蝶が、とまた指さす。

若しや故人の魂が乗り移ったのでは、と誰かが叫んだ。破れ蝶は景色にとけて見えなくなったりしながら自宅近くになると何時の間にか消えた。伯父が「交通事故に遭《あ》わないよう貞蔵が身を挺《てい》して誘導してくれたんだ」と神妙に呟《つぶや》いた。一同顔を見合わせ頷きあった。

偶然見た君江にもそう思えた。

不思議なことはその日のうちにまた起った。

引き寄せた四十九日法要も終わり縁者たちも多く帰った。仏壇に遺骨を納め、台所に伯父と昭男、貞敏、京子各家族が集まった。一段落したので、お茶にしようかと話になった。

そのとき京子が大声をあげて指さしている。見ると愛くるしい子鼠《ねずみ》が家具の間から辺《あた》りを見回している。その瞬間を居合わせた多くが見た。とっさに昭男が新聞紙を丸めて追い払おうとした。しかしもうどこにも居ない。

「あれは兄だったのでないか。鼠年だった兄が、姿を変えてお礼に現れたんだ」

昭男が感極まったように呟《つぶや》いた。それにしても夢ではない不可思議な現象だった。長年住んで、台所を荒らされたことはない。鼠が出入りする穴も姿も、これまでった一回も見かけないと君江が証言する。その台所に他ならない。

蝶と鼠と、二つの超常的《ちょうじょうてき》だとからかわれかねない事実は、目撃者以外は信用しないはずだ。目の錯覚《さっかく》に過ぎないと否定するだろう。数人の人間による集団錯誤《さくご》だと笑われるかもしれない。偶然が重なったのだと言い張るだろう。

けれども、あの二つは姿を変えた夫だったに違いないと君江は信じた。


数日後家族だけになると、自然と家族会合になった。母と息子、娘二人その家族を合計すると丁度十人になる。形見わけになった。

孫たちは祖母宅の居心地の良さと充分な買い物に満足し走り回る。けれども大人たちには胸に淋しく重い思案を抱えていた。

母の今後をどうするか、だった。離郷の日が迫るにつれ、家全体に重苦しい空気が漂《ただよ》い始めた。

真弓は最初に名指しされて男物の革ベルトを一本取った。それは初月給を貰ったとき、贈ったものに他ならなかった。寄り合い、結婚式、宴会など外出のときいつも好んで身につけたと聞くものだった。

弟妹は家族のものも含めて品定めしながら取った。真弓は誰からともなくさらに形見をとるよう促《うなが》された。

「私はこれだけで良いの」

「沢山あるんだから、他にも取ってください」

それは母、弟、妹の言い合わせたみたいな申し出だった。

「遠慮はしてないの。ほかに一杯愛情をもらったから、これで充分なの」

暫くして半纏《はんてん》、大工道具類を除いて、妻、婿を加えた振り分けが終わった。真弓が贈った物には有名ブランド品が多く喜ばれた。つぎは母の今後が心配だった。

君江は、一緒に住みましょう、の申し出に従う気持ちは毛頭《もうとう》なかった。ただ、真弓とだけの二人暮らしは心が動いた。好かれてない意識はあっても生活を共にし、結婚を見届けたかった。許されるなら帰らないで、家にいて欲しかった。

養うに充分なものを持ち自信がある。そして楽をさせ、過去に難儀させた罪を密《ひそ》かに償いたかった。十二分に労《ねぎら》って遣りたかった。

それにしても意見を聞きたいのに、真弓は口を開かなかった。弟と妹が催促しても首を横に振った。

母はやむなく自身の気持ちをつたえた。

「お父さんの位牌《いはい》を守って此処に住みます。先祖の墓を守る責任も義務もあります。離れるわけにいきません」

「こんな広い家に住めるの？　危なくない？　心配だわ」

「ずっと住んでいるんです。それに気心の知れた友人もいます」

強気に断言すると、諦めに似た空気が広がる。勤務の都合で全員が語り合う最後の夜になった。やはり独り暮らしになるのか、君江が諦めかけた。そのとき、それまで口をつぐんだ真弓が沈黙を破った。真弓らしいさばけた間合《まあ》いの取りかただった。

「一人残されて可哀想と思います。これからの問題はお母さん自身が決めるしかありません。私はまた東京に帰りますが、一緒に住みたいと望まれるのであればそれでも良いです。歓迎します。マンションも二人住むほどはあるし、老後をみる自信もあります」

君江はその答えを聞いてひと息《いき》ついた。すかさず貞敏が提案した。

「姉ちゃん、こちらに残って一緒に住んだらどうですか？　友達に聞いたんだけど、通関業務のある貿易会社も幾つかありますよ。大手商社の支店もあるそうです。姉ちゃんは通関業務のベテランだから引っ張りだこです。こちらも外国との貿易拡大を予想して港湾設備が大型化されています。将来は日本の南の玄関として大型貨物船や大型客船の寄航予定もあります。それに県とか市の商工課や観光課、旅行業者なども語学の達者な人なら必要と思います。また県と市には語学経験者の登録制度も整《ととの》っているそうです。姉ちゃんなら何処に居ても生活できるんですから、是非留まってください」

「有り難う。こちらの状況もそのようね。仲良しの麻紀ちゃんもそう話していたわ。でも以前から考えてることがあるの。会社は辞めましたがこれからは大学の先輩からの誘いがありますのでそちらになると思うの」

弟妹が帰省中に数度、姉と語ったのは知っていた。どちらも話してくれないため、内容は知る由もなかったが、世間話でなく突っ込んだ話だったみたいである。京子が膝を進めた。

「姉ちゃんに居てもらうよう何回も勧めたんですが。此処に住んでお母さんと一緒に暮らしてもらえると私達も安心なんです。土地も保険金なども全て二人の決定に従います。兄さんも主人も快く同意してくれました。姉ちゃんなら此処でもこれまでの会社経験を活かした仕事が必ずあります。どうかお願いします。お母さんからもお願いしてください」

「居てくれると助かるんだけど。中学までいたんだから馴染みも多いのに」

それは結婚相手も見つかるのに、の言い回しだった。貞敏が更に食い下がった。

「京子が言ったように現金も保険も不動産も頂こうと考えていません。土地は売るなり利用するなり全て二人にお任せします。利用法があれば姉ちゃんに考えてもらわないといけないんです。任せることを約束します。任せると言った言葉に間違いありません。家内も承諾してくれました。私と京子は名古屋と大阪を離れられないんです。御袋《おふくろ》が気掛かりなんです。ふたりで仲良く暮らして父の墓を守ってください。お父さんも喜ぶと思います。姉ちゃんどうか、御願いします」

嫁と婿が申し合わせたように頷いた。

「いろいろとみんな有り難う。思ってくれて嬉しいわ。誰か帰って来るといいんだけれど。お母さんに暫く辛抱してもらわないといけませんね。お母さんが疲れたら、いつでも私の所にきて下さい。大切にします。土地と家は夫婦で築いた財産ですから、お母さんの思い通りにされたらどうでしょうか。現金とか保険金などは先ほどから二人の申し出がありました。有難いことです。お母さんに任せて結構だと思います。子供たち全部が御願いしているんですからお母さん、そのようにされたらどうですか？」

父に最も愛され、父が病に倒れると退職し介護に尽くした。その姉を知るだけに、意見は残された家族に重く影響した。母に反対があるはずもなくそれが最終結論になった。


貞敏と京子の家族が母の老後に一抹《まつ》の不安を抱きながら帰った。孫たちのざわめき、賑やかな声が消えた今、全体が見る間に物静かになった。真弓は彼らと遊んだり、姪にせがまれて一緒に眠った数日の想い出が去らないようだった。

朝晩一緒に仏壇の前に座るぐらいで、格別に変わったことなく静かな日が過ぎる。真弓は髪切りには行ったが映画もショッピングも興味を示さない。食べ物を訊ね三度の食卓を囲む時が幸せと言えば幸せだった。

只今失業中の真弓は時折フィリピンの書物や辞書をめくったりするものの手持ち無沙汰な様子が見える。一時帰国した大学の先輩と連絡し合い、これからの仕事の話などをした。

打ち明けるなら今日だと毎日思った。東京に帰れば、また告白のときを失うと恐れた。夫には終に詫びずじまいだった。その痛烈な反省に立ち、真弓にそんなことがあってはならないと、心に決めた。一日が過ぎ次の日になっても打ち明ける勇気が湧《わ》かない。無理して奮い立たせても直前になって気がなえる。心持ち顔色の明るくなった真弓と対照的に沈んでいった。

柔らかく弁明しようにも適切な言い訳がみつからない。叱られてもいいから正直にと思っても、上手く立ち回った自分に胸がふさがる。迷えば、短い冬の日は瞬《また》く間に暮れる。夜になれば明日と思う。切っ掛けにしたかった天気がくずれ、雑用ができ、夜になりそしてまた延びる。意欲とためらいが混じりあい、思い切りの悪い日が過ぎた。

3

「お母さん、公園に行こうよ」

冬にありながら、ぽかぽか暖かい昼すぎ。真弓はふと思いついたみたいに、幼い頃よく遊んだ公園に母を誘った。

鎌倉時代に建立《こんりゅう》された由緒《ゆいしょ》あるお寺の一角にある。それを説明する、古びた案内板がある。現在は公園も新しく整備され、その真ん中に、だいぶ葉を落とした大銀杏《いちょう》が枝を広げる。二人はその真下にあるベンチに腰掛けた。そこだけ木漏《こも》れ日がさした。

「此処には思い出が沢山あるの。懐かしいわ。この銀杏も随分大きくなったわね、お母さん、ほら、また落ちる。落ち葉を辞書や参考書に挟んでおくときれいな押し花になるのよね。今どきの子供もするのだろうか」

「今もやはり作るようだよ」

「子供って自然の中で遊ぶのが好きなのよね。それにぎんなんは美味しいものね」

「今でも食べるかい？」

「大好物よ。煮ても焼いてもいいの。それを食べるといつもお父さんを思い出すの。だって茶碗蒸《む》しのぎんなんをいつも掬《すく》ってくれたんだもの」

公園の少し先に、真弓が通った幼稚園がある。改築されているが昔の面影は残る。新しい遊具がある。のぼり棒も滑り台も見える。少女時代の真弓は学校から帰ると鞄を投げ出し、ここに遊びに来ていた。ビー玉、輪投げ、銀杏拾い。

一番下の年少組の園児だろうか、母親に手を引かれて通る。おかっぱの髪が黄金色に輝いた。歩きながら時折母を見上げて何か話し掛けている。

「何を話してるんでしょうね」

「何だろうね。今日幼稚園であったことかな。仲良しのことかな」

「そうかもしれないね。あれ、スキップしてるよ。迎えに来てもらって、嬉しいんでしょうね。あんなにニコニコしている」

父の葬式万端《ばんたん》が済み、真弓の新しい仕事も決定した。明日は東京に帰る日だった。ここに来たのも帰郷の思い出作りだろう。君江の胸に込み上げるものがある。夫にだけ愛想が良くてと、ねたんだ日もある。でも、並んで腰掛けると、明日は別れ、の淋しさが募《つの》った。次は何時会えるだろうか、の切なさも混じる。

それから暫く甥、姪の無邪気ぶりや悪戯、可愛らしさに花が咲いた。代わる代わる抱き上げた真弓の楽しかった思い出話が尽きない。それぞれの家に遊んだときの土産話も出る。それに先日別れるとき、姪たちに別れを惜しまれた余韻《よいん》が残って居るみたいだった。真弓は上機嫌だった。

今日はとりわけ気分が良さそうだ。何もかも包み隠さず話そうと、口から出かかった。それでもまた思い切れない。

何も知らない娘に都合の悪い話を敢えて教えなくても良いのじゃないか。三十年以上前の話だ。夫が亡くなった今、時効になったと解釈しても許されるのじゃないか。あなたのためにしたのだから今になって生母のずうずうしい行動をばらさなくてもよいのじゃないか。知らない方が良い場合もある。それが母性愛かもしれない。今更昔をほじくっても何にもならない。誰の利益にもならない。

そんな横着《おうちゃく》な理屈も頭の中を駆け巡る。

言わなければ、誰も知らないはずだから、秘密はそのまま闇に葬《ほうむ》られる。誰も気づかないし誰も傷つかない。貞敏と京子にはどうするか。告白すると今まで信じてきた母の偶像が粉々《こなごな》に砕ける。

長女だけに打ち明けて別の子達にだんまりをきめこむのは差別することになる。語れば、真弓をひどく傷つける。律義者《りちぎもの》の母の、化けの皮が剥《は》がれる。すると二人とも痛い目に会う。いっそ騙《だま》したままに済まそうか。

胸をちくりと刺す疚《やま》しさと図々しさへの嫌気が混《ま》ざった。

君江は時折通る園児とその母の姿を見遣りながら、思いとは裏腹に笑顔を作った。でもその内心には広がり始めた葛藤《かっとう》の暴風が吹き荒れていた。

保護者に付き添われて、ちらほらと園児たちが帰る。抱っこされた子も居る。目の前を若い母に手を引かれた園児が通る。年長組だろうか。おさげに赤いリボンがつけてある。母親が楽譜みたいなものを抱える。ピアノのお稽古が終わったのだろうか。嬉しくてたまらなさそうな可愛い子は母を見上げた。

「ママ、きょうはパパのおたんじょうびでしょ？」

「そうよ。だからケーキ屋さんに急がなくっちゃ」

利発そうな言葉に、父への親しみが込められる。夫思いの台詞《せりふ》に、親愛の情が覗《のぞ》く。大好きな父親への祝福と夫婦の固い絆が二人の表情に見られる。愛される喜びと信頼がある。生き生きとした明るい楽しそうな情景に胸を突かれた。

その時点で、頬かむりしたままにしようか、のずるがしこい企《たくら》みはやっと砕けた。

このまま素知らぬ顔のまま明日、別れられそうになかった。死に切れないと決心した。

真弓の罵《ののし》り、軽蔑、怒りを避けてならないと腹をくくった。結婚前に夫を欺《あざむ》いた内容を偽らずに告白し、その後の、咎《とが》められ責《せ》められた良心を語ろう、そして真弓に詫びようと再び腹を決めた。許されるかどうかは別問題だった。貞敏と京子の扱いは真弓に任せようと心にきめた。

きっかけを探した。切っ掛けは降り止みそうな枯れ葉にした。止んだら今度こそ必ず白状しよう。

ひら　ひら　ひら。降る間隔が次第に長くなり、数も少なくなった。間もなくだ。心の整理もついた。緊張してそのときを待った。

前触れもなく真弓が普段の口調で話しはじめた。君江は肝《きも》を潰《つぶ》した。

「ほんとのお父さんでないのは知ってます。でも分け隔《へだ》てなく育ててくださいました。お父さんの優しさは生涯忘れません。感謝の気持ちは言葉に表《あら》わせません。もっと長く生きてもらいたかった。もっともっと長く孝行させて欲しかったんです」

突然そう言って真弓が遠くに目をやったとき、身体中の血が抜けるのを感じた。落ち着いた語り口は、何もかもすべてを知り尽くした自信に満ちている。今さら謝《あやま》りは必要ない。おべっかも無用である。わが娘ながらきりっとした姿には近寄り難い貫禄《かんろく》さえある。自分の自律心のなかった過去が情けなかった。若い時に使った手練手管が暴《あば》かれて恥ずかしかった。

冷や汗が出た。告白しそびれて残念だった。父の子でないと知ったときの驚き、嘆き、母親への怒りは至極簡単に推測できる。母親の尊厳、権威失墜《しっつい》も直後に追い討ちを掛けた。穴があったら入りたかった。

それにしてもどのようにして知ったのかは分からない。そのため若《も》しや、憶測でないかとも疑った。鎌《かま》をかけたのでないかとも怪しんだ。

しかし思い直すとその様な大事を軽々しく口にするはずもなく、その様な浅慮《せんりょ》な娘でないのは考えるまでもなかった。

言葉に尽くせない混乱した感情に見舞われた。それは虚脱感《きょだつかん》とも安堵感とも空《むな》しさとも、なぞらえて無理して言えば似ていた。長年の重圧からの開放感だったのかもしれない。

何時気付いたかは思い当たるふしもない。反抗期の言葉使いや挙動《きょどう》を考えてみた。特に十三、十四歳頃の青年期初期の中学時代。三人の子どもみんなにいわゆる、言うことを聞かない、切れるに似た小さな争いがあった。真弓だけに突出したものは思い浮かばない。

それでもまず謝りたかった。

しかし、それさえも、親には勿論、他人《ひと》にも打ち明けられない卑劣な振る舞いを仕出かした悔いが、渦巻き口から出ない。多感な年頃に、実母から受けた、辛く苦しいことを考えると、口先の詫びですむ、軽い、些細《ささい》な罪でない。

彼女のデリケートな年頃からの長い年月の怒り、嘆き、迷いを振り返ってみた。口先の反省の弁に済ませられる生母の失態でなかった。ただ真弓が眩《まぶ》しかった。顔を上げられなかった。

「いいのよ、お母さん。何もかも全て知ってるの。ずっと前からよ。それにお父さんは何も言わなかったけれど、確かに気付いていたわ。お父さんとは初めから波長《はちょう》が合い、慈愛に満ちた暗号みたいなものがあったの。ろくでもない妄想《もうそう》するな。つまらぬことを喋《しゃべ》るんじゃないってね。そして二人にしか分からない符丁《ふちょう》が暗黙のうちに作られ、二人だけの固い仲良し同盟が出来たの。考えてみれば子より夫のほうの被害が格段に重いはずなのに泰然自若《たいぜんじじゃく》としていたわ。不憫な子であるとか哀れみからの同情でなく、誰がなんと言おうと俺の子に間違いない、の信念を伝える力強いものだったわ。あれが男の中の男の、真の父性愛と言うものだったのね。あんな太っ腹な人に出会ったことないわ。上手く言えないけれど志《こころざし》というか思想というか、それの高い人だったわ」

目の前が真っ暗になった。夫のおおらかさを、人間の甘さ、大まかな人などと愚かにも勘違いした。ある意味では見くびりさえした。隠し通せると踏《ふ》んだ自分の軽薄《けいはく》さが恨めしかった。

いまや、自分の身を守るため、抜かりなく作った罠《わな》のあることが明らかになった。仕掛けを隠すための綿密《めんみつ》な細工のかずかずも取り除かれた。

直接教えられてないところを推測すると、見抜いた人間は、夫と子の二人いた結論になる。万全の準備で臨《のぞ》んだはずの悪事が探知《たんち》された。守り通そうとした極秘が、複数の相手に早くから知られていた。哀れにしてお粗末な滑稽劇だった。

恐らく夫は、結婚直後か少なくとも真弓誕生以前に悪巧《わるだく》みを感知したのではないか。或いは当時存命中だった両親から、良からぬ企《たくら》みを囁《ささや》かれたのではないか。それから離縁を唆《そそのか》されたのではないか。

その確証はない。しかしどちらにしても、怒鳴りたいほどの怒りをおさめ、耳打ちされた忠告を抑えた。その後は露ほどの干渉も許さなかった。

少し成長すると目鼻立ちが整《ととの》い、性格の片鱗《へんりん》を見せ始める。あやしたり、せがまれて抱き上げた頃は妻の背信《はいしん》の確実な証拠を握っていたのではないか。

絵本を読んだりしたときは既に、妻を許す精神的余裕さえあったのではないか。動物園で嬉々《きき》として声上げて喜ぶ真弓を、可愛がった頃の夫の顔が蘇《よみがえ》る。手を引いたり、肩車したりした。

それらの微笑ましい場景を眺めて、何時ばれるかと内心ひやひやしながらも、平然《へいぜん》とした顔が二重写しになる。

絶対ばれない。気付かないはずだ。私や真弓に対する。日常の微かな変化もないのを考えつめると、未だ何も知らないからだろう。仕事熱心な、物事にこだわらない人だから、と自分勝手に軽くとった傾向があった。そして良き妻、賢い母の難役を務め上げた。

連れ添う前の念入りな準備、徹底した性悪女の下心が呆気《あっけ》なく見破られた。涙ぐましい工夫《くふう》と努力が、笑い話にもならない無駄な作業の積み重ねだった事実に驚くほかなかった。

若いながら、母への口惜しい思いを押しつぶしたような、低い声だった。決して面と向かって罵《ののし》ったり嘲《あざけ》ったりしないで穏やかに語る。そこにはわが娘にして、似ても似つかない聡明な娘がいた。

受験の渦を戦い抜き、社会人になっても、世界的な商取引に鍛《きた》えられた。しなやかにして強靭《きょうじん》な意志がある。

それは生母の夫婦倫理《りんり》に反した罪を許すという、単純平凡な解釈から説明できない。むしろ父の、騒ぎ立てないとする強い意思に学んだととった。

何もかも胸に納めて、弟、妹と全く同様に自分の子として愛育してくれた。その父への敬愛の一念がそうさせたのだ。君江は反省し心の底から恥じる思いに浸《つ》かりながら、亡き夫を心中に拝んだ。

母も何らか釈明《しゃくめい》したかった。しかし言葉を忘れた。暫くすると真弓は母のためらいを絶つかのように口を開いた。

「だってそうでしょう？　お父さんに似《に》てる？　私がそっくり似《に》ようとしたのはその後精一杯努めた仕草と太っ腹な性格だけよ。顔かたち、体形、白い肌は仕方ないとしても、動作は次第に似《に》るようになったの。

でもお母さんを恨んでいないの。いいのよ。何も言わなくても。お父さんも素知らぬ振りしてたでしょう？　許していたはずよ。お母さんへの怒りも、これっぽちの嫌がらせや蔑視《べっし》もなかったでしょ？　それが証拠です。だから黙って聞いて。お父さんがついに語らなかった、底知れない人間味のある胸の内を伝えたくて、今日までずっと待ち続けたの」

深い道理に適《かな》った、丁寧な口振りに、つい引き込まれた。娘に降参し、遂に甘えも出た。そのため言い逃れは止めて、相槌《あいづち》、お世辞の一つもして媚《こび》を売りたかった。口を挟もうとしたが柔らかな笑みと手の小さな動きに止められた。

真弓にすれば、この段階になって母の口から出る言葉は決まっていると判断したのかもしれない。それを聞いても仕様がないと考えたのかもしれない。それに言いたいことは山ほどあるはずだとまた黙った。

真弓も唇を開かない。銀杏の影が少しずつ移る。

真弓が物の見事に指摘したように、蔑《さげす》みと憎しみの冷たい目や嫌がらせをされた記憶が全くない。面と向かっても、隠れた場所でも、手のこんだ仕返しされてない。家庭本位に過ごし日常は忙しいけれども温《あたた》かかった。


落ち葉がまた止んだ。娘からの逆さまの打ち明けに、大銀杏が続きを聞き澄《す》ますかのように静かになった。

お寺の屋根から遠巻きに眺めた、家鳩もその後の展開を聞きたそうに近くに降りた。クックツとのどを鳴らしながら近付いてくる。人声を聞きなれた鳩たちは母と娘の話の内容がわかるのかもしれないと思った。

数年お寺に住み付き、この公園でも毎日遊ぶ。人家のさまざまな出来事を知るけれど今日は幾分違うのを敏感に察したのだろうか。女性だけだから、悪さをしないと見当つけたのだろうか。

時折小首を傾《かし》げるのを見れば、聞き耳を立てているのだろうか。そして年嵩《としかさ》の女性の言い分を待っているのだろうか。目に映る光景は動いても鳩の声以外は何も聞こえない。神経は耳に集中した。

「人間的にとてつもなく器量《きりょう》のある人だったわ。押しても引いても、びくともしなかったわ。騙《だま》したつもりでも、騙されたふりしただけなのよ。

追及しなかったらどうなる。俺は何も感付かない馬鹿な男、気付いても怒りさえしない臆病者などと面目を失うだろう。しかし俺の面子《めんつ》、立場より妻を庇《かば》い子どもたちの幸福を守るのがより大切だ。

追及したらどうなるか。間違いなく家庭は分断され、崩壊《ほうかい》する。妻は離縁され、真弓は、残る子どもたちはどうなる。

だから全てを胸に仕舞い込んで、置こうと決めたのね。一時的な感情の波に飲み込まれる人でなかったのね。

間違っても、見くびってならないのは、それが世間に知られると、妻の素性も調べずに結婚した、お目出度《めでた》い男だと笑われるかもしれないなどと気に病《や》むような人間でなかったということ。

そのようなけちな了見《りょうけん》は持たなかったという事。家内のこと、娘のこと、家族のことを考え詰めるとしたくなかった。

いや、それもまだ軽率な、人の見方《みかた》に過ぎません。あらゆる人間に対して全て平等に慈愛に満ちた眼差しを向ける人でした。

それはお母さんが長い間一緒に暮らして知ったお父さんの天性の才能と器量です。一番ご存知でしょう。

お父さんが他人の悪口、告げ口したことはないでしょう。誰かを軽蔑しましたか。嘘をついたためしがありますか。学歴はなくとも尊敬すべき職人だったのね。家族にとって、菩薩みたいな、人徳のあるお父さんでした」

短く区切った科白《せりふ》が呼び覚《さ》ます、追憶の一片一片が鋭い刃物となって胸を抉《えぐ》る。

夫の優秀さが判《わか》るにつれ、自分の平凡さが見え隠れする。

小手先の手段を用いるべきじゃなかったんだ。そんな器《うつわ》の小さな人じゃなかったのだ。おまけに機会は幾度もありながら、白状する勇気がなかった。後ろ指を恐れ、安定した生活と妻の座ばかりが頭にあった。

長い年月の間にはそのような妻の裏切りをふと思い出し、悶々《もんもん》とする日もあったと推測される。苦しい胸のうちを親友だけにでも、と誘惑に駆られた時もあっただろうに。茶碗や皿を投げつけたいときも、怒鳴りつけたいときも、皮肉を言いたいときもあったのは想像に難《かた》くない。

しかし、自身が選んだ人生を宿命として快く受け止め、独り耐《た》えたのではないか。それからの心労から逃《のが》れるため、時折の深酒となった。結果として、それが未だ早い死につながったのでないか。想像すらしなかった、凍《こお》りつくような疑問が浮かび上がった。

柔和《にゅうわ》な顔、親切な物腰《ものごし》しか知らない君江は真弓に諭《さと》され、やっと今になってうろたえた。もはや逃げ場はなかった。

すでに、被《かぶ》ったつもりの仮面《かめん》は透《す》けているのが分かった。長い年月、当たり役の淑《しと》やかな妻を熱演した和服の女優。彼女は、いつの間にやら、どぎつく化粧し赤、黄色の派手な上下《じょうげ》を身につけた。そして、笛と太鼓に浮かれ、軽《かろ》やかな足取り、おどけた身振り手振りで観客の喝采《かっさい》を浴《あ》びる。

舞台はくるりと回った。昨日まで性格俳優、花形の名をほしいままにした、名演技を今日に限り失敗ばかりする。すでに身の隠し場所はなかった。

「それは何よりも計《はか》り知れない、愛情と心遣いだったの。どんな生まれの子にも、幸福に育つ権利があると信じて実践する人だったのね。赤ちゃんに過失はない。まして責任は全くない。秘密があるにしても、それは大人が勝手に作ったものであり大人が力をあわせて守って遣ればよい。そして温かく見守ってやればよい。家内にしても素直ないい妻だ。切羽《せっぱ》詰まってさせたのだろう。誰だって考えがちな事だ。縁あって夫婦になった妻だ。小さな事をほじくっても正しい解決策になるまい。

そんな考えだったの。

見放せば、幸福が確実に離れて行く私に、尽きせぬ愛が新《あら》たに生まれたんだと思うの。それればかりじゃないの。真実を嗅《か》ぎ取った私にさえも、余計なことは考えなくともええ、お父さんを信用しなさいと沈黙の中にたしなめていたの。反抗を絶対に許さない鋭い眼光だったわ。

その時今後の志望について話し合い、お父さんがいろいろ助言して下さったわ。

私も質問を受け、進学について話したの。新聞をよく読まれていたようで高校大学などの情報に詳しかったわ。

私の希望を伝えたところ、高校も二つ返事で下宿させ通《かよ》わせてくださった。大学は任《まか》せると仰《おっしゃ》っていただきました。

だからこの場面でも、あれほど母さんをいじめるなって注意したはずなのに馬鹿な奴だって、怒っていらっしゃると思うの。

私もお母さんに告げるか、否《いな》か、随分迷ったの。お父さんの意思に反対することは強い抵抗があったの。大きくなるにつれお父さんが好きになり、より頼るようになった経過はお母さんも知っていると思います。

しかしこのことだけは当事者の私がしっかり話すことがお父さんへの本当の心からの愛情と信じたから長い間待ち続けたの。いずれ私も向こうに行ったとき、お父さんの手を握って、かならず許しを頂くから大丈夫よ」

頬をかすかな風がなでる。夫のやさしい気持ちと真弓がこの場面を作ってくれた有難さが君江にじんと伝わる。良くぞ指摘してくれたと有難く思った。夫は口数が少なく無駄口を言わない人だった。何時も微笑んでいたが、今も丁度三人集まり語っているような感じがした。

問わず語《かた》りに心の中を伝える真弓に、今更弁明するのもそぐわなかった。懺悔《ざんげ》や申し訳なさをいくら仰山《ぎょうさん》並べても、満足のいく十分な申し開きができるはずがなかった。

軽はずみに内緒事を作った愚かさ、ペテンを決めたときの猿知恵、隠してからの一連のいやしい根性が余《あま》すところなく白日《はくじつ》の下《もと》に晒《さら》される。性格を変えようとしてまで尽くした日常は茶番劇、現場通いも芝居だった。

身を刻《きざ》まれる苦しみがあった。遅まきながら、今になって身体を、たわしで、ごしごし洗いたい気持ちになった。煮え湯を飲まされたばかりか、その女房のために、まだ惜しい命を縮《ちぢ》めたのだ。

たしかに財産はある程度持った。しかしそれは大嘘ついた挙句《あげく》に、信頼してくれている夫から掠《かす》め取ったものに他ならない。良妻賢母の評判は世間を欺《あざむ》いたもので、実際はとんでもない不届き千万な女だった。

全てがまやかし悪妻の、泡《あぶく》みたいな持ち物に過ぎない。

罪の深さに呆然《ぼうぜん》となった君江は、母親の体面もともに失った。苦心して勝ち取った妻の座を守るため食べ物着る物の好みを夫に合わせた。読書癖まで変えて励《はげ》んで、確立した母の地位から滑《すべ》り落ちたのを悟った。

身から出た錆《さび》とは言え、当然の結果に慄然《りつぜん》となった。老後を思えば、たとえようもない孤独を感じた。少しずつ遠慮がちに出る涙が底知れぬ生き恥と責め苦《く》を物語った。


何も言えずに瞼《まぶた》をぬらす母の、苦しい胸のうちを察したかのように真弓は続けた。いたわりの調子に変わりなかった。

「当番の夜、お父さんと指切りしたのよ。どうしてだか分かる？　必ず子どもを生みますから安心してくださいと約束したの。お父さん、とても喜んでくれたわ。まだ若いのよ私。その子を心の広い子に育てるの。間に合わなかったけれど、お父さんみたいな人と一緒になるつもりよ。そしてお父さんに幸せな家族の姿を見て欲しいの。そして生前と同じように見守って欲しいの」

結婚をしつこく迫った母には遂に約束してくれなかった。それは仕方がない。いや、望んでも聞き入れてもらえない、己《おのれ》の罪業は承知した。父と確《しっか》り約束したことが唯一最善だった。

生まれ出る前一度、親に捨てられた記憶を娘は心の襞《ひだ》に確《たし》かに刻《きざ》んでいる。そう思えた。

無条件に受け取るはずの愛情を受け取れなかった恐怖《きょうふ》は、お腹《なか》の羊水《ようすい》に浮かんでいても確実に襲《おそ》い掛かった。

その怖《こわ》い原体験は長期記憶の底に蓄《たくわ》えられ、知らず知らずの間に自立心の芽となった。やがて少女時代にお父さんから寛容の精神を学び取った。その後成長するにつれ、多くの試練に出会い、そして鍛《きた》えられた。

真弓の言葉には、胎児のときに学び取った、他の助けを借りずに自力でやっていく精神と心構えがある。

夫は真弓に凛々《りり》しく素晴らしい生き方を授けた。母に言葉は必要なかった。

「これ以上昔のことに関《かか》わりたくないの。これからはお父さんの仁愛、博愛の精神を継げないか、考えて見たいんです」

遠い汚辱《おじょく》にまみれた過去を切り捨てた。それればかりか人生設計のしたたかさが見える。苦しく切なく育ちながら、時に見舞ってくる、悲しみをはねつけて成長した真弓が居た。

しかも母の不始末のとばっちりを真正面に受け、結婚を諦めた。そのため若い身空にありながら恋愛を断り、生涯独身を決意した時期がある。その娘心のいじらしさを量《はか》るとき、身体が震《ふる》えた。実の娘にたいする母親の罪に、これ以上に非情で残酷な犯罪が別にあるとは到底考えられない。

本来なら母親の専任義務であろうに、夫は死と引き換えに結婚の約束を取り付けてくれた。軽率《けいそつ》な妻を庇《かば》った完璧《かんぺき》な沈黙と包容力が家庭に愛と和を根付かせ、そのうえ真弓を貞敏を京子を聡明《そうめい》に育ててくれた。

母は何をして家族を守ったのか。夫を偽《いつわ》り、苦肉《くにく》の策《さく》を弄《もてあそ》んだ。その道を歩いただけでないのか。平凡に誠実を旨《むね》として、生活する普通の人々が羨ましかった。同時に人間の基本に忠実に生きる人の清々《すがすが》しさ偉大さを知った。

恥の上にまた生き恥を、こってり塗《ぬ》ったみたいで、顔向け出来なかった。身体を縮めて地面に目をやった。

足元を一匹の蟻がゆく。仲間とはぐれたのだろうか。小さな白いものをくわえる。一足先に餌《えさ》を家族に運ぶのだととった。蟻は片方の人間だけが語る奇妙な会話に、時おり歩みを止めて見上げた。

若い娘らしい女性が落着いた物腰で語るのに、母親らしき人は何にも喋らない。どうしたのだろうか。謝っているようにも取れるのだが。

親が謝るなんておいらの社会にはないのだが。可笑しな二人連れだ。

やがて蟻は続きの会話を諦めたらしく、最後に長くまた見上げた。そして急ぐでもなく通り過ぎた。

親不孝して怒られるとか、嘘とか策略《さくりゃく》などない俺たちの社会には無縁な話だと呆《あき》れたのかもしれない。屈託《くったく》なさそうなゆったりした歩みの蟻がちょっぴり妬《ねた》ましかった。


真弓はそれからも暫く黙った。語り尽くしたのと違い、生母を気遣うために、次の内容や使う言葉を選んでいるような感触《かんしょく》を受けた。そのせいか樹の下は相手に心を配る時の和《なご》やかな空気に包まれる。

銀杏《いちょう》の影が先程よりも延びた。その分だけ夫も長く隣りにいる気分になった。そしてじっと聞いている気がした。全身を針で突かれる痛みを感じ続けた。身体をすくめて、まだ息を殺した。

真弓に、心に積もる不満や怒りを、もっと語らせたかった。恨み言でも追及でもなんでも良かった。母親の持つ狡《ずる》さを引きずり出し、腹黒さを暴《あば》き、透《す》けた仮面を剥《は》いでくれても良かった。酷く痛むけれど、夫の分までもっともっと追い詰め、なじって欲しかった。木刀で打ち据《す》えられても良かった。そのほうがいっそ気持ちよかった。

それにもかかわらず母親を喜ばせた。

「お母さんの行為を完全否定するつもりはないの。同調しませんが、別の言い方をすれば、そのお陰で立派なお父さんに会えて、育てられたのですから。お父さんにめぐり会わなければ、今頃私はどんな自堕落《じだらく》な青春を送ったか、自信がないの。それにお母さんが悔んで、反省して、お父さんに尽くしたのを知ってますから。長い年月の家事をしながらの現場労働は大変だったと思います」

これまでに受けた父の恩を大切にして、必死に生きた娘心のいじらしさ健気《けなげ》さを聞いた。十六歳になると家元を離れ、巨大商社に入社するまでの実践力、根性は生母に全くない才能にほかならない。逆境を順境に置き換えられる逞《たくま》しさがある。

「お父さんの温情と信念を無にしてはなりませんから、貞敏にも京子にも、なおさら他の誰にも言いません。今後これについてはお母さんとも語りません」

真弓は父の意を汲んで一件を絶対世に洩らさない決意を語った。

君江自身には貞敏と京子に対処の仕方がまだ残った。真弓に尋ねるしかなかった。

「貞敏と京子にどうしたらよいだろうか」

「父さんは打ち明けなくとも良いと考えていらっしゃると思います。お父さんが希望されたように、これまでどおり、家族みんなに優しくて働き者のお母さんで居なさいと考えていらっしゃると思います。告白する必要はありません」

安心したのだろうか、すっきりした笑顔を初めて母に向けた。娘の笑顔に、やっと謝りができた。

「辛い思いをさせてすまなかった。許しておくれ」

「それは良いのよ、親子じゃないの。お母さんも私のために長い間辛かったんだと思います。それは良く分かってるの」

「有難う。許してくれて有難う」

「もう、それは言わないで。これからはお父さんの恩に報いる気持ちを忘れないで生きていけばいいと思うの。なんらかの形に出来ればいいのだけれど」

考えの深さも幅もが違った。父への感謝を形に残す計画に頭が下がる。予想もつかない発案だった。恐る恐る訊ねた。

「それにはどうすればいいの？」

「今は分かりません。直接の御詫びとか恩返しはもう出来ないんですから。お母さんと親子して出来るものはないかしら」

分別あるその提案に、急に希望が湧いた。同時に自身が不甲斐無かった。考える力、推察力が相当劣っているのを認めたからだった。告白するかしないかの幼稚な入り口にこだわり、共同で報恩する当然の方法に考え及ばなかった。真剣さが足りないと指摘されても仕方ない。

それでも嬉しくなり発奮した。恩に報いるため、母娘《おやこ》二人して出来るもの。是非しなければならないこと。それは何なのか。娘に後れをとってはならない、と思い立った。

一方の真弓は出生の疑惑を自ら語ったのに、そのあとも冷静だった。親と子の立場はとっくに逆転している。今は全ての点で母の位置に居ない。それが良く分かった。

「お願いがあるの。聞いてくれる？」

ほんの今まで、大きな引け目を感じ続けた。それなのに突然、娘から頼られた。そのひと言に母親の立場を少し取り戻した。

「なんだい？」

「何でも聞いてくれる？」

「ああ、なんでも」

「暫くは家に帰れないかもしれません。それを許して欲しいの」

「初盆は帰るんでしょう？」

「いいえ。何年か日本に居ないんです。暫くは東京に居ます。そして先輩から誘われていますのでフィリピンに行くの。彼女たちは父親に見捨てられた子供達の面倒見てるの」

説明によれば計画は長い間、教授や先輩に温められ練《ね》られたものだった。支援者組織もある。初めて聞いた。

向こうには観光やビジネスで渡った、心無い男性を父親とする子が多い実情を説明した。乳児から、少年少女に成長した子も居る。残された母はその日の生活に困り、その子達が学校に行けない悲惨な状態がみられる。

女性たちは子の認知《にんち》を求め、養育費用を支払うよう現地ならびに男性の本国でも運動しているがなかなか埒《らち》があかない。彼女たちを援助する仕事の一環《いっかん》として東京に帰る。フィリピン女性をキャバレーやダンス教室などに斡旋《あっせん》する職場に替わる、詳しい計画を聞いた。

一旦退職した、以前の商社から再雇用の誘いがきていた。それを断る予定とみた。君江は、自分の過去に照らして正面切って強く反対できない理由がある。真弓の気性から、ひと時の正義感或いは底辺の貧しい人たちへの感傷的な同情だけとは考えられない。しかし安定した高給も、望まれて座る心地のよい職場も捨てる、真意を量《はか》りかねた。

商社の待遇、条件と余《あま》りにも格差がひどすぎると思った。ややこしい入国管理事務や受け入れる業者との煩雑《はんざつ》な交渉などが仕事になる。男性でもしり込みする気苦労の多い職場に飛び込む娘を心配した。若いのに直ぐからの気苦労が予想された。

しゃしゃり出る後ろめたさは残ったが、それでも娘の身体が案じられた。そのため計画の変更を求めたかった。これまでの経歴があるのだから、もう少し楽な、日の当たる職場があるのでないか。折角大学まで出したのに、と落ち込んだ。

さらに飛行機の都合で朝早く夜遅い時間帯の勤務が多い。勤務内容を聞きつい、口を挟《はさ》んだ。

「出入者毎《ごと》の荷物の搬送《はんそう》や空港への送り迎えなど男性と変わらないんだね。まるで肉体労働じゃないの。待遇も悪そうだし考え直したらどうなの」

「そうよ。決まった賃金はないの。給料とか労働条件とか考えるなら、そのような仕事につかないの、それでいいの。慣《な》れない日本に戸惑ってるから世話が必要なの。それに仕事に男女の区別はないんです」

それ以上、古傷を思い出し反対出来なかった。それにしつこく反対すれば職業に貴賤《きせん》はないと叱られそうだったし、夫に捨てられた女性を助ける職場と聞いたからだった。

現地語のタガログ語もマスターしたらしい。今更ながら相変わらずの頑張り屋ぶりに目を見張った。

「何年かしたら帰ってくるし、もちろん手紙も書きます。だからあんまり心配しないで」

どれくらい公園にいたのか分からなかった。暖かかった日溜《ひだま》りも何時しかかげる。長い時間座った気もする。幼稚園の先生が急ぎ足に通り過ぎてから、公園に入ってくる人が居ない。

恨みを言われ、軽蔑され、小突き回されても仕方がなかった。それにも拘らず、褒められさえした。母親に厳《きび》しいとひがんだ。それがこちらの心得違いだったとは嬉しい誤算《ごさん》に違いなかった。

精神的な逆境のなかに居ながらぐれもせず、よくも耐えてくれた。そして妻を咎めないで、癌と闘いながら、落着いて死を迎え入れた夫が居た。貞敏も京子も親の目の届かない環境の中で物分かりの良い妻と夫をみつけてくれた。幸福すぎる百点満点の家族の中に私は居させて貰っている。自分ひとりが成長していないのに気付いた。

君江は後ろを断たれた。妻の信頼を回復するには、母親の最低条件である面目を取り戻すには、これからは脇目も振らず前に進むしかなかった。残る生涯を掛けて辛苦を厭《いと》わず働かないといけない。それでなければ、夫と真弓に与えた苦痛と迷惑が、何の教訓、反省にもならないのを悟った。

まだ顔はまともに見られなかった。横顔をちらちらと盗み見た。わが子の顔もまともに見られない照れくささがある。母親が本来持つはずの母性の尊厳とか強さとかを失った人物だけが知る卑屈《ひくつ》な感情からくるものだった。

その夜は、布団に入ってからも遅くまで語り合った。暗い灯の下で主に聞き役になった。わだかまりも解けた真弓の話ぶりに、つい引き込まれていた。この語り合いこそが真の親子のあり方なのだと、布団のはしに顔をうずめて涙を隠した。

翌日の午後、母と娘は空港に着いた。真弓は時おり母親の手をとった。傷心《しょうしん》の母を励ます温もりのある手だった。搭乗《とうじょう》手続きを済ませ、再び母親の手をとって待合室の片隅《かたすみ》に誘った。

「お母さん、いろいろ話しましたから、もう大丈夫よね。感謝してるのを忘れないでね。貞敏も京子もお父さんの子供だもの。安心してそのままにしといてください。

独りになるけれども身体に気をつけてね。昔のあれこれにくよくよしてはだめよ。自信を持ってね。子供達がついてるから大丈夫よ。何かあったら直ぐに知らせてください。出来ることは何でも協力しますから。お墓をよろしく」

「有難う。何ができるか良く考えるよ。思いついたときは電話するからね。貴女も身体に気をつけてね」

「深夜になっても良いからそうして。さよなら、身体に気をつけてね。無理しちゃだめよ」

握手を再び交わし、ゲートをくぐって去った。飛行機が飛び去った。何故引き止めなかった、償《つぐな》いたいから家に残ってと、何故正直に申し出なかった。無理にでも引き止めるべきだった。今になって悔いた。

この歳になってもと、過ちの連続に後悔した。明るく語り合う周囲の人たちに笑われているような気がして、逃げるみたいにして駐車場に向かった。

帰り着くまで約五十分間、途中の景色に少しの感情も持てない。別れた辛さが胸に広がる。どうして素直に抱いてやれなかったのか。どうして一瞬も離れられないと願わなかったのか。激しく悔やんだ。

胸いっぱいを包む、この物悲しさはこれまでの人生に経験のないものだった。電話でも声は聞ける。と、幾ら自分に言い聞かせても何の効き目もない。なにもかも捨てて、とって返し、後を追いたい衝動に駆《か》られる。東京に行きたかった。

真弓への未練が残ったまま着いた家に、だだっ広い空間が待った。遂に誰も居なくなった、薄暗い家に寂しさが色濃く漂《ただよ》う。まだ其処に真弓が立っているみたいな気がする。今にも話し掛けてきそうな思いがして、居るはずのない家の中を動き回った。影もなく寒々とした空気に迎えられるだけだった。

仏間に入った。仏前に座ると夫が占めた家庭内の位置の広さがわかる。真弓のいない現実に胸にぽっかり空洞《くうどう》ができたみたい。取り留めのない思い出が浮かんで消える。弟妹の結婚式のたびに見知らぬ男性から交際を求められた真弓がまたしても居た。

気を取り直して仏壇に目をやった。花瓶の花は今朝、真弓が出発前に活け替えたもの。数年は会えない父と先祖に、留守にする、許しを願ったのか、寒菊、寒椿、水仙など冬花が盛り沢山に押し込まれている。あれもこれもと花に想いを言付《ことづ》ける、別れを惜しむ娘心がそこにあった。

仏壇に再びローソクを点し線香に火をつけた。昨日から今日昼までにかけて真弓が語った有難い内容すべて報告した。人間味のある娘に育ててくれた厚いお礼を込めた。重恩を実感した。

それから、座りなおし謝罪をあらためて声に出した。

「お父さん、長い間告白しないで騙《だま》していました。真に申し訳ありませんでした。許してください。私独りが悪いのです。お詫びしなかったことを真弓からも叱られました。深く反省しています。真弓も貞敏も京子も立派に育ってくれました。孝行してくれます。みんなお父さんのお陰です。真弓からじゅんじゅんと諭《さと》されました。真弓もお父さんとの約束を絶対に守ります。今日からはお父さんの優しい心に感謝しながら生きてゆきます。見守ってください。御願いします」

今になって謝るなんて自己満足のための形式に過ぎない。批判されそうに思え、うしろめたかった。それでも、今となっては手遅れとしても、笑われても、謝ってよかったと安堵した。すると幾分、気が楽になった。

独りでぼんやり過ごす、趣味を見つけて余生を楽しむなど頭になかった。夫への謝恩を形にするには、行動し結果に示す必要がある。

君江は決して目立たない、しかも地面を這《は》うような息の長い努力と挫《くじ》けない根性が頭にあった。明日からと言わず、只今からの検討が始まった。

4

事始めの精密検査の結果、医者から太鼓判を押された。次は計画案模索になった。

気は焦っても何も思いつかない日が過ぎる。そんなある日、自宅で女性だけの茶話会を持った。集まったのは自宅を建築した人、看護婦、店員、郵便局員、息子を薬剤師に育てた幼友達、主婦、農家などなど。みんな気心を知り合った仲よしばかりだった。

その時、いま、地域に何が一番必要か、と尋ねた。女性たちは口を揃えたように、子供を預ける場所が少ないと語った。その場は一応、それで終わったが、世の中には助けを求めている女性が案外多いのに気付いた。

社会や地域に夫の代理となり心をこめて返したい。還元《かんげん》するにはどんな形が良いのか。考えた。市役所などに亡夫名義の基金を設ける案や寄付は最初に浮かんだ。しかし、それは、父への恩返しを何らかの形にして忘れずに生きる、とする母と娘の強い意志を十分に反映できない。

真弓が飛び立ってから数日、家事をしながらあれこれ考え続けた。そんな或る日、ふっと閃《ひらめ》いた一案があった。

新しい真弓の仕事がヒントになった。灯台下暗《もとくら》しとはこんなことかと独り苦笑した。この案なら既存の土地と家が使える。きわめて有望なことが判った。

大きな家と広い土地を利用できないか、だった。

都合のいいことに家は、五年まえに新築したばかり。子どもたちの家族が全員泊まれるようにと、広く丈夫に作ってくれた。以前に求めた庭は建築主や同業者など人の出入りと材木切り込み用のためにかなり広く買った。大工仕事の物音を懸念した。資材置き場用に手に入れたかなりの土地も別にある。当時は郊外だったものの今は街の一部に位置するようになった。

地価が格段に高くなった。マンションやアパート経営、有料駐車場を考えると利用価値は多い。活用方法をじっくり考える必要があった。

夫が浪費しなかったため多目の蓄《たくわ》えと実家の父の財産分与がある。複数の生命保険が貰える。子どもたちに分与しても相当額残る。

内部改造でも新築でも、弟子出身の棟梁が協力を申し出ている。木材と建材、設備用品、電気工事、水回りなどもこれまでの経験から格安な計算が立つ。

いずれ真弓と会計士に計算してもらうにしても、成算があった。

まだまだ詰めなければならない問題がたくさんあった。託児所、保育所みたいな昼間預かりか、乳児院、母子寮みたいな滞在型か、母子家庭の高校生などへの学資援助か。いずれにして恵まれない母子親子をどうやって募集、選別するかなどだった。

その中で最も興味をそそられたものに乳幼児の問題があった。両親死亡、保護者病気、家庭内暴力によるものなど多様なケースがある。中には親に捨てられる子も居る。

ぼんやりまとまりかけたのは、広い宅地を利用する私設母子寮の設置だった。これは最も興味をひく案件だった。わが身をたとえるまでもなく、母子二人が世間に放り出されたとき、最も切実に願う場所だった。その時救う場所があれば頼れてしかも親切に面倒見てくれる。そのように考え付くと、その施設がぐっと身近な目的になった。

一応その段階で後方支援のため今のところ東京に居る真弓に電話した。物資を購入し送るため忙しく働いている。もう直ぐ向こうに渡るとのこと。君江は間に合ってよかったと内心喜んだ。

「忙しいのにすまないね。私設母子寮はどうだろうか」

「それは選択肢の一つになりそうですね。新しく作るの？　認可は下りるの？」

「具体的にはまだなにも調べてないの」

「もう少しまとまった計画を聞かないと判断できません。もう少し調べて教えてください。後一月ぐらいこちらに居ますから」

そこで市役所に行き設置にかかわる問題点を訊ねた。役所側から、行政として行き届かないところがある。それらを民間からサポートしてもらえば市民から喜ばれます。補助金制度もありますから活用されたほうが良いです。の賛成意見が述べられる。

そして好意的な会議の場が用意され、設置規準資料などが提供された。母子寮は新築でなくても基準を満たす建物、設備、職員、運営資金の永続的な確保があれば認可になる。

それらを学び帰った。そのことを中間報告として真弓に語った。貞敏と京子にも知らせた。みなに異論は出なかった。

下準備の前段階から、以前の会計士と旧知の設計士に相談し適切な助言を頂いた。時に同道してもらい、素人の判断ミスと計算漏れをなくすようにした。それが進めるに当たり随分役に立った。

規模は永続させるために小規模にし、社会福祉法人としての運営を前提にした。設置の理念を恵まれない母子の一定期間の保護、救済に置いた。

受け入れ家族数はおおむね四～五家族。住宅費は無料、洗濯機と冷蔵庫、掃除器具は一定の場所に設置する。他の器具は随時検討する。原則的に共同炊事とし、食材費は必要分を支給する。食堂は一階の広間を開放する。

職員は当初二人。真弓を中心にして、自分も現場の一線に立つ。そのほかの臨時雇用は夫方の甥姪を含めて目星をつけ、仮の承諾を得た。

まず総体的に経営上の問題を会計士と検討した。収支計算も助言を受けた。元手になる手持ち金、預貯金、確定した生命保険金、受け取る予定の年金、土地家屋の権利書など。

施設の初期投資は現在の家屋を内部改装することにした。手持ち資金で処理できる。それに空き地利用のための具体策は真弓と早急に検討する。

奔走、会議している間に、ふと気がつくと正月の準備もしなければならなかった。次回は初盆に帰るからと貞敏が話したのを思い出したものの、一応確認のため電話した。

「暮れは帰れないの」

「帰らないよ。京子たちも一緒だよ。初盆に帰るから」

「そうだったね。お年玉は送るから」

「有難う。みんな喜ぶよ。姉ちゃんから聞いたけど、何かと忙しそうだね。身体に気をつけてね」

完全にまとまらないけれど、現在考えている予定を明かした。つい話し込んで一時間ほどの長距離電話が終わった。

　母親の考えなら、母親と姉が行う仕事なら、なんら疑いもせず全面的な協力を申し出る。性格の良い子に育ててくれた夫に感謝した。

　貞敏の提案にヒントを受けて、市内にある、公設母子寮を実際に見学させてもらった。その日はクリスマスが間近に迫り、ジングルベルが道すがら響いた。平屋建ての施設は民家の中にひっそり沈んでいた。看板がなければ、それとはわからない佇《たたず》まいだった。

　玄関に入り案内を乞《こ》うと幼児を抱いた中年の女性に迎えられる。二十畳ほどの部屋に乳幼児たちのきらきら光る瞳があった。持参したお菓子を持たせると、その時見せる、人なつこい表情が心を和《なご》ませる。けれども両親の愛情に餓えているせいだろうか、どこか乾いた雰囲気をもつ。

　保母さんと子たちの中に座りお話しした。暫くすると、まとわりつく幼女が居る。つぶらな瞳が何かを訴えているように取れ一瞬抱きしめたい感情に苦労した。今日は後学のために訪れたのだと平静を装《よそお》ったものの、つい手を差し伸べて抱き上げた。

　名前はしずか、三歳と答える女の子は傍らの保母さんによると、父のない子だった。昼も夜も働かねばならないと打ち明けたその子の母は週末に限り迎えにくるという。しずかちゃんは母親が連れにくる日を教えられているのか、数字の形を覚えているらしい。最近はその日が近付くとどことなく落着かない。夕方になると時折玄関に待っていると言う。

もういくつ寝るとお母さんに会える。今日はきっと会える。もう直ぐ会える。子供心の嬉しさの高まりに心を動かされた。君江は不覚にも涙を落とした。

君江は膝のしずかちゃんと話したり、寄って来る幼児を片手に抱っこしたりした。このままの雰囲気に浸《ひた》りたかった。それでも所要の目的がまだ半分も終えてないのに気付いた。

傍らの先生の合図を受けて膝から下ろそうとした。でも肩にすがり嫌がる、しずかちゃんの抵抗に戸惑《とまど》った。再訪を約束してやっと離れてくれた。その後は寮内施設の見学に回った。

歩きながらの会話は少ない予算に縛られる説明が多い。子供たちに十分な待遇、支給ができないと控え目な意見だった。そして保母さんに室内や入浴室、遊具類、室外のブランコ、鉄棒などを見せてもらった。特に責任者の、集団検診、不意に起きる発熱など医療機関との係わり合い、園外遠出などの注意事項について貴重な意見があった。

最後は施設長を交えた懇談だった。運営上の財政的な留意事項、設置遊具類の保全管理と補助金等の知識が教えられた。


君江は帰りの車を運転しながら、期待以上に有意義な一日だったと有難く思った。次回訪問の日もおやつや絵本、玩具を持参した。しずかちゃんが覚えていたらしく飛びついてきた。だっこした。

そのため一層先生方や子供たちとも親しくなり、出生や家庭情況もさらに詳しく教えられた。耳を塞《ふさ》ぎたくなる悲しい事情が耳に入る。それは設立への決意を深めた。好景気に賑わう世間の陰に、睦まじく談笑する家庭の別な所に、痛《いた》ましい世相の断面がある。目を覆いたくなる社会の裏面に突き当たった。

わが身を重ねると、思案に暮れた母は以前の自分、その幼女は真弓に他ならない。何処でも起こりうる家庭悲劇は、口先の同情、政治、行政への批判、社会への怒りだけではなんら解決しないのを現実に再認識した。実践してのみ一部解決する模範例を目の当たりにした。

それに社会には、個人の善意が未だに多く待たれている実情を知り計画案への自信を膨らませた。

それらをふまえて真弓のマンションに電話した。真弓の設立時からの参加を説得したかった。断られると筋書きの練り直しになるため、念入りに説明して協力を求めた。乳児院訪問時のしずかちゃんとの出会いもちょっぴり付け加えた。戸惑いは目に見えていた。

「調査の徹底に驚きました。母子寮訪問は良かったですね。施設運営には財政的な面も考え、様々な問題と方法があると知りました。その中で扶養者の居ない乳幼児預かりか母子滞在型が良いと私も思います。それに遊休不動産、日銭の入る駐車場とかアパート、マンション経営も一応専門家に話してみたらどうですか。ただ、こちらは長い間検討して決めた仕事だから、直接の手助けは、おいそれと出来そうにありません。無責任だと怒られそうですが、いずれは帰って加勢しますので、ほかに居ないかを探してください」

心配したとおりの電話が切れたあと考えに考えた。最初から参加してくれないと困ることになる。管理人件費を徹底して抑える計画を念頭に置いた、構想が実行に移せないのがわかった。

そこで今度は調べた資料も入れて手紙で熱心に口説いた。強引な申し出に違いないのを先ず詫びた。

手紙と入れ替わりみたいに電話が鳴った。

「お母さん独りにあてがうのも無理なような気がするし。困りました」

「教授と先輩と相談してくれませんか。悲しい事情のある母子たちを助けてあげたいんです。フィリピンでも日本でも仕事内容は全く同じです。今日の一日、明日の晩一晩を過ごすのに困っている人たちが日本にもいるんです。貴女を引き抜く乱暴な格好になり、これまで計画された方たちに申し訳なく思います。無茶な相談ですが是非最初から参加して欲しいんです」

「手伝いたい気持ちは、言い出した本人ですから充分にあります。でも長年計画された教授や先輩たちの苦労もみるにしのびないんです。お金も時間も随分つぎ込んできたんです。よく相談してみますから暫く時間を貸してください」

一歩前進である。

数日後、弾《はず》んだ声が電話口から響いた。実家に帰るのを許してもらった。一段落したら教授から翻訳の仕事を紹介される有り難い内容だった。英訳と和訳。教授は翻訳家として知られる。国内外に友人知人が多い。

そうなれば真弓が付け加えたように外部収入が永続的に期待できる。幸先《さいさき》の良い、前途の幸運を思わせる情報だった。

母を特別に嬉しがらせたのは娘の年令だった。外国に行かず故里に残れば、結婚のチャンスが絶対に早まる。すると赤ちゃんを授かる可能性がぐんと高まる。その二～三年の僅かな差は、娘の現在の年令にすれば莫大とも貴重とも、人生上最高とも、受けとりたい差に他ならない。

教授の許可は、それほど嬉しかった。小躍りしたいぐらいだった。感謝すると同時に、真弓が外国に行かないよう、天国の夫が便宜《べんぎ》を図《はか》ってくれたんだ、と直感した。夫が真弓の婿さんの顔が見たくて時期を早めてくれたんだ。当番の夜、真弓が約束した、必ず結婚します、赤ちゃんを生みますとの決意を後押ししてくれたんだ。真弓の幸せな家庭の姿を見たかった夫からの贈物に間違いないと信じた。

何かにつけて朗報《ろうほう》が続いた。

娘と共に、大恩を順繰りに送れば、亡夫に近づける確信があった。真弓と自分と、亡き夫との約束が守られる大きな喜びがあった。次世代まで見据《みす》えた、確《しっか》り者の娘と二人三脚で、運営に心を配る毎日になる。必ず、地域社会に愛の一灯《とう》を点《とも》し続けてみせる。逸《はや》る気持ちを更に引き締めた。


真弓からの知らせを受けた夜。仏壇の前に座った。真っ先に真弓が帰ることを報告した。その後貞敏と京子に正式に構想を語った。真弓帰郷決定の嬉しい話題を一番先に話した。

土地と家、生命保険と現金預金。遺産相続に関わるものは多い。それらを分与前提の現金と受領保険金を除いて、不動産をすべて君江名義にするための一括委任状の取り付けが必要になった。

「お母さん、嬉しいことが続きますね。姉ちゃんの帰郷決定はこれからの幸運を保証してくれたものです。やっぱりお父さんが見守ってくれているんだなと思います。

それに施設の名称が良い。お父さんゆかりの、ぎんなんのいえ、は良かった。さぞかしお父さんも喜ぶでしょう。不動産はお母さんと姉ちゃんのものです。なんの遠慮もいりません。京子とも話し合いました。必ず記念に残ると思います。良くそこまで考えてくださいました。有難うございます。土地は自由に使ってください。長期的な事業になるようですね。お母さんも健康に気をつけてください。御存じのように私たちは現在、充分な生活が保証される会社と役所に勤めております。それはみな両親のお陰です。委任状はすぐ送ってください。お母さんと姉ちゃんに全て任せます」

京子とも語った。

「お母さん。姉ちゃんの帰郷は最も嬉しいニュースです。姉ちゃんの結婚、出産ともども大いに期待しています。いよいよ骨格が出来ますね。主人も完成するのを楽しみにしています。ぎんなんのいえ、というネーミングが素晴らしいです。私もお父さんから茶碗蒸のぎんなんを貰いました。覚えています。美味しかったわ。お父さんも大変喜んでいると思います。その着想に主人も吃驚しています。財産は自由に使ってください。主人も了解しました。委任状は直ぐ送ってください」

両家から印鑑を押した委任状は確約された。

心強い味方がまた増え、心置きなく組織に没頭できる。夫に似ておおらかで家族想いの子とその配偶者を授かった幸せをしみじみ味わった。

入寮する母子に親しまれるように、地域の人たちに愛されるようにと姉が願った施設の名前。加えてたやすく読めるようにと姉が熟慮した、ひらがな書きの施設文字も二人に好評だった。

「ぎんなんのいえ」

銀杏《ぎんなん》は銀杏《いちょう》の種子《しゅし》にほかならない。黄色い。二人は幼稚園に通った頃の大きな銀杏の樹を思い出した。

それもひらがな全部、夫の書体を拡大して用いるプランである。仲人の時の原稿、手紙、設計書のメモを探せばあった。個性的な正真正銘の夫の字であればよかった。

これから真弓が帰るまで下準備しながら、じっくり素案を練《ね》り上げる必要があった。

夢の膨《ふく》らんだ君江は今までのふさぎがちだった生活から解放された。人家も街も見渡せる風景も、全てが真新しく見えた。

親思いの子たちを授かり、真弓の結婚も近くなった。広い土地を残した先見の明に感服した。成功を疑わなかった。亡夫に見守られる喜びがあった。


元日は独りで迎えた。夫が好んだ焼酎を大きめのコップになみなみと注いだ。新春の食べ物の品々を仏前に供《そな》えた。何よりの報告は真弓帰郷の報せになった。

夫が命と引き換えにした、真弓との約束が現実味を帯《お》びてきた。君江は有頂天《うちょうてん》になりながらも真弓の結婚が成就《じょうじゅ》するのを祈り施設完成の決意を誓《ちか》った。


正月休みは今後の多忙を考えて四日までゆっくり過ごすよう心がけた。懇意な友人たちを呼び、お茶のみ会などした。

単なる願望の段階は終わった。次は計画図の作成になる。運用開始は恐らく来年新学期になるだろう。更にその次はまだ利用しない空き地を真弓とともに考えることになる。

君江は喜びと緊張感に包まれ、一日がめまぐるしく回り始めた。真弓が命名した、

『ぎんなんのいえ』建設に向かって着実に歩みだした。今日は真弓と検討する、滞在型母子寮設計図の打ち合わせに出かける日だった。

（完）

くちなし色の月

1

校内放送に呼び出され、柴田寛子が職員室に向かったのは課外授業終了直後だった。校則を破った覚えもないし、成績が悪いわけでもないのに、不審に思いながら急いだ。

二月初めの寒そうな夕日が廊下に射していた。大学受験期を間近に控え、教室の緊張した空気が廊下に漂う。先生達の机の間を通り抜け、黒いダイヤル式の受話器を取った。意外にも今まで受けたためしのない伯父からだった。

「寛子、大変なことになった。お母さんが家出したんだ。男と駆け落ちしたらしい。もう三日経った。隆志と里子は私が預かっているから良いが、とにかく帰ってきてくれ」

寝耳に水とはこういうのを言うのだろうか。寛子は興奮して急きこんで言う伯父の、家出とか駆け落ちとかの意味を初めは受け取りかねた。たちの悪い冗談かと疑った。中学校と小学校に通う子どもがいるのに、亡くなった父の分まで家を守る必要のある母の、愚かな行動は信じられない。町民から親しまれる母が後ろ指を指されるような馬鹿げた真似をするはずがなかった。

　まさか伯父は耄碌したのではないか、逆に気掛かりになった。それともひょうきんなところもある伯父の、度を越した悪戯にも取れた。それにしても内輪の話を学校に電話しなくても、不満が先に立った。

　今からでは帰るにも交通の便がないのに、それに先生達の傍では詳しく聞けないのに。沈黙は母の悪口を言う伯父への少なからぬ反感でもあった。けれども受話器から洩れ出る口調は切迫している。

「聞いてるのか、寛子」

「明日帰りますから待ってください」

　受験が迫ってますからと引き延ばせる状況になかった。心配と混乱と、言い様のない悲しみに包まれて、それを伝えるのが精一杯だった。

　担任には母を急病人に作り上げて、慌ただしい帰郷の許可をもらった。「受験には必ず帰って来いよ。待ってるぞ」担任が念を押した。在室の先生が一斉に顔を上げて寛子を見た。

電話の内容を整理できないまま席に戻ると、親友の武田由紀が心配顔に待っていた。口に出さないまま帰りのバス停に向かった。緩やかな上り道にある梅はもう、紅白に咲き分けて人目を楽しませる。桜はボールペンの先みたいな見るからに固そうな蕾をつけている。レンガ色のマフラーが春末だ浅い風に少し揺れた。それまで無口だった由紀が控え目に話し掛けた。

「顔色が悪いけど家に何かあったの？　お母さんの病気？」

「母がいなくなったの」

「それ、どういう意味？　貴女に話はなかったの？　原因は何なの？」

「何もなかったわ。男の人が何とかと伯父は言ったけど、帰れば分かるかもしれない」

「さっちゃんたちはどうしてるの？　伯父さんとこ？」

一昨年の夏休み、寛子の故郷を訪れた由紀は妹達とよく遊んだ。そのため今でも、おねえちゃん、と慕《した》っている。

「そうしてるらしいの」

お互いに隠し事しない約束があった。全部話したかった。しかし、駆け落ちなんて世間に滅多にない事件であり、言葉を濁《にご》した。信じきっていただけに、世間に顔向けできない恥ずかしさが母への恨めしさになった。これからどうなるのだろうか、胸の奥に漠然とした、保護者を突然失った恐怖が起こった。

下宿で共同生活する妹の智子。父に似た弟隆志の顔が大写しになる。幼い末妹里子の白いふっくらした顔立ちが浮かぶ。先生や親類の顔が絡み合い駆け回った。ただ一つ、何でも相談できる由紀の存在が頼もしかった。

「何かの間違いかもしれないわよ。悪いけど伯父さんの取り越し苦労じゃないかしら」

「そうだといいんだけど、それにしても三日は長いのよね」

「私も知ってるけど、そんなお母さんと違うわ。もしかしたら伯父さんは貴方に急に会いたくなったんじゃないの？」

「そう思いたいけど、それとも違うみたいなの」

バスを待つ間も級友達から離れて語り合った。でも男と女の生々しい色事が絡むだけに、女子高生には難しい。途方に暮れた。見慣れた黄色のバスが見えたとき「とにかく明日帰って来るから」と言うしかなかった。

「大学受験には必ず戻って来れるんでしょう？」

「そのつもりなんだけど、帰ってみなければ何とも言えない。状況がはっきりしたら知らせるから」

バスを降り分かれ道に来たとき、由紀は瞳を見詰めて確かめた。

「今まで一緒に頑張ったんだから、なんとしても受験して欲しいの」

厚い友情に裏付けされた、真心を込めた声だった。そして絶対同時合格の信念とその後の共に楽しむ大学生活への多くの希望を含めたものだった。

心配そうな表情にあったとき、つい先程までの受験勉強を想いだした。男子に混じり揃って課外授業を受け、塾に通った。志望したミッション系の大学を下見に行った。それらがどうなるのだろうか。悪い予感ばかりが頭を掠めた。

寛子は鹿児島市から船とバスを乗り継いで約四時間かかる小さな港町に生まれた。寛子、高一の智子、中二の隆志、小一の里子計四人兄弟の長子長女として成長した。父は近海航路専門の貨物船の船主船長だった。進学出来なかった少年時代の反省から子たちに多くの夢を託した。中でも長女への期待は大きく、しっかりしており妹達にも優しい子、が口癖だった。

物心ついた頃から幾度も聞かされたため覚えている。人前でも自慢され面映かった。それも一番上の人間だから兄弟の役に立ちなさい、の意味だろうに解釈するだけだった。しかし寛子の高校進学直前に海難事故で死亡した。遺志を継いだ母は寛子をまず鹿児島市の高校に進学させ、妹も同じ学校に通わせている。

由紀は市内でバス会社を経営する両親の間に生まれた。父親の教育方針で小学校から中学二年と普通に過ごし、その後塾に通った。高校に入り、学級委員に推され、その柔軟な考え方は級友に評判が良かった。成績はよく文科系が得意、常に文庫本を鞄に忍ばせる。なんとなく気が合い入学と同時に交友を始めた。今は自宅と下宿をしばしば訪問しあう仲になっている。

下宿の夕食を済ませた後智子に伯父からの電話の内容を語った。

「姉ちゃん、それは何かの間違いよ。お母さんがそんな真似するわけがない」

「そう思いたいのよ。だけど伯父さんが嘘をいう筈もないしね。とにかく帰ってみないと隆志と里子が可哀想だからね。明日一番で帰るから」

「大学受験はどうなるの？　卒業式は出席するの？」

「何もかも帰ってからの状況次第よ。もしかしたらそのまま戻って来れないかもしれない。その覚悟はしておかないとね」

「私はどうすればいいの？」

「終業式を済ませてから帰りなさい。取りあえず帰るから。由紀姉さんにだけは話してあるから何かあるときは相談しなさい。ただしこれは未だはっきりしないのだから他の人には話さないようにね」

寛子はその夜、参考書をぱらぱらめくった。アンダーラインの赤い線、何処かしこにある書き込み、二重マル印に一重マル。一途《いちず》に走り抜けた三年間の日々が重なる。若し話が本当なら下宿までして高校に通った青春は何だったのか。睡眠を削り寒空の夜、暑い日盛りに塾に行き帰りした勉強はなんのためだったのか。空しい気持ちに駆《か》られ、ベッドに入っても眠れなかった。

智子も眠れないらしくしきりに寝返りを打つ。蛍光灯を消した暗闇の中に目を凝らして考えこんだ。

真実だとすれば、仲の良かった写真の父にどのように報告し、ともに生《な》した子を捨てる許しを請《こ》うたのだろうか。それともそれさえしないで走り去ったのか。恐らく一方的な理屈を並べたに違いない願いに、歯を食いしばり耐える父の苦痛の表情があった。母は自分の都合や欲望のために本当に、子どもとの、育てるとする、暗黙の厳粛な約束を簡単に破ったのだろうか。いずれ町内で交わされる自分への、実《まこと》しやかな悪意に満ちた陰口を考えたのだろうか。犯そうとする罪がどれほど大きい影響をもたらすのか、そこを熟慮して決行したのだろうか。

万が一事実なら、残された者たちは、金銭的に身分上に重大な困った状態に置かれる。誰かが代わって、母が違えた家族養育の義務を果たす必要が出てくる。長子の私しかいない。そこまで考えが及んだとき、お金は残されているのだろうか、の極めて切実な疑問が脳裏に湧いた。震えが出るほどの怖さがあった。

わが身はともかく、智子や隆志、里子の今後はどうなるのだろう。学資、生活費を稼ぐための一片の技能も資格も持ち合わせない身に過ぎない。暮らし全部の面倒を見る重大な責任が覆い被さってくる。動悸が高まり、不安は募る。そのとき、どうやら眠ったらしいと思い違いした智子が突然下から声をかけた。

「私の学校は続けられるの？　中退になるかもしれないの？」
「いまは何とも言えないのよ。慌てて考えすぎては駄目よ」
予測出来なくてもたしなめるしかなく、自身でも悪い方向に取るのが辛かった。

翌朝智子に見送られ、朝一番の連絡船に乗った。船室は空席が目立ち、窓際に腰掛けた。海面は暗く、アイドリングのエンジン音が小刻《こきざ》みに伝わる。下宿し始めてから帰省のたびに、もう直ぐ会える母との対面にわくわくした。胸躍らせた頃がなつかしい。母の笑顔が今となっては嘆かわしかった。何故ひと言、悩みがあればそれを、家族を捨てたい一念があれば、その動機と是非必要の訴えをどうして教えてもらえなかったのか。同じ女性同士、親子の間柄、また長子である故に、家庭内の問題についても打ち明けた仲と疑わなかった。それが裏切られ、軽視されたみたいで少し腹が立った。

昨夜の寝不足に頭が重く、眠れないまま切れ切れに考えた。しかし幾ら悔しがっても、考え付くところは何時の間にか、どこかに身を隠す母に移った。見捨てられてもこびり付く恋しさは母子に生まれた絆のせい、愛されて育ったための煩悩なのだろうか。生来の人間的な甘さなのだろうか。堂々巡りする自問自答に疲れ、意味もなく備え付けの雑誌をめくった。暫くして船が動き出した。

　母は歳よりは若く見える、かねて煽てられた。その評判はあったにしても、行方をくらませる意外な行動はなんとしても理解を超える。両親は若くして猛烈な恋愛結婚したのを聞いている。加えて、墓参りを欠かさない日常と男性との出奔は結びつかない。葬式から三年しか経たない。父との情熱や記憶が薄れるそんなに遠い過去でない。

　やはり電話は何かの勘違いのせいでないのか、の疑いが再び頭をもたげた。他の原因も探ってみた。親戚との人間関係の煩わしさ、隣近所との気まずさの有り無しを思案しても当てはまらない。金銭的にも子らの教育費用と普段の生活に困らないものは残されている。海上保険や死亡保険を含めるとそれらを差し引いても充分残る計算が成り立つ。娘たちが下宿を伴う進学にも、お金は心配しないように言い含めてそれぞれ送り出している。

　寛子はその他の家出の根拠になるものがないかもつくづく思案した。父死亡後三年、は本人にすれば長かったのでないか。微かな疑問は起きた。しかしそれ以外に考え付くものはなかった。

失跡が事実となれば、何が不足となり父と子の面子を潰す行動に走ったのか。結局は誰もが見抜けなかった多情淫乱と推測される性格に突き当たる。不潔な、忌まわしい生母の実像の前に立たされた。

それにしても電話口に漏れ聞いた、男性はどうしても考え付かない。親戚、町内にも見当たらない。男性云々は伯父の思い過ごしとしか考えられなかった。ところが更に思い巡らすうちに、律儀な母の些細な約束違反がふっと閃いた。苦心の末の思い当たりであった。


毎年春夏年末の休みに帰省するのを常とした。その間に電話や手紙で現況を語り合った。父の遭難死以来、家にこもりがちな母に、何か趣味を持つよう勧めた経緯がある。そして雑談のあと、まだ若いのだし気分転換のため習い事をすればよい。それで勝《すぐ》れない気持ちが直るなら結構でありませんか。むしろ急がせた。

勧めて同意しても、里子を淋しがらせないため下校時は必ず家に居る。その条件をつけた。そのため町内での習い、を当然に予想した。しかし何故か隣町にバスで通い始めた。町内にもお師匠さんはいるのに、初め怪訝に思った。勿論、最初の頃は口約束が守られた。

暫くして、その約束事が次第に破られ始めた。それはその頃未だ家に居た智子から電話で聞いた。説明では稽古事が多くなった。それでも週一回くらいのため里子も大人しく待っている。そんな内容だった。

それを聞いてすこし残念な気がした。しかしそれ以上は発展しなかった。信頼していたし、勉強に忙しくほかをとやかく詮索する時間もなかった。

最近は田舎からの電話もなく手紙も久しく来ない。それらを考え合わせたとき、信じたい反面、微かな疑いが起きた。気うつの訴え、習い事、隣町。そこにある意図が隠されていたのでないか。母に騙されたのでないか。胸奥の一筋の煙はいつしか白い雲となりたなびき、雨雲になりかねない様相を見せた。それでも庇《かば》いたい気持ちがまだあった。母に限ってあり得ないと断定したかった。

家族が揃っていた頃の光景を辿《たど》っても、父への不平、不満は耳にしない。仲睦まじい夫婦像しか見えて来ない。死後も常に感謝と尊敬を口にした。朝夕の焼香は勿論、命日、祥月命日、年忌も親族を招き、きちんと済ませた。家族のために懸命に真面目に働いてくれた報謝の念がその口癖と仏事熱心に代わるのだろう。それが母への敬意を高めすらした。

幾ら想像力を働かせても、裏切るなど予知が難しい日常の場面だった。何が起こったのか。思い当たる一寸したふしをじっくり考えた。影もなかった交際相手で行きどまる。船員、船舶関係の出入り業者、両親の交友関係、女性の師匠に範囲を広げても目星がつかない。首をひねった。

考え疲れて海面に目を遣った。船路に波しぶきが盛んに上がる。当たって飛び散るしぶきの繰り返しをぼんやり眺め続けた。無駄な努力にも無心な戯れにも取れる。それでも見飽きない。着岸を知らせる汽笛に身なりを整えた。

桟橋に昇りかけの冷たそうな朝日が差している。コートを襟立ててバスに急いだ。車内には数人の乗客があるものの知り合いはなく客同士の会話に田舎の訛りがない。顔見知りに遇わないように、後ろの席に深く腰を下ろした。ほっとした。

途中の、心弾ませたいつもの景色も鬱陶しく心が晴れない。興味が湧かないため退屈になり、時間を長く感じた。見慣れた家並みが近づくにつれ、なんとなく人目を避けたい気持ちになる。生まれて初めての後ろめたさを味わった。若い身空なのに誰かに噂されているようで、それが何としても情けなかった。

真っ直ぐ伯父の家に着くと夫婦が待っていた。父の長兄にあたり、呉服店を営んでいる。挨拶もそこそこにその日の状況とその後の話を聞いた。隆志と里子の下校時間に間があり、都合が良かった。


母が家出した日は、この冬一番の寒さだと出会う人々が挨拶し合った。さくさくと霜柱を踏む音が聞こえ、昼過ぎには近年に降らない雪が舞い始めた。

朝普段のように見送られ家を出た里子は午後早くに学校から帰った。昨日と同じように玄関を開け、母を呼んだ。でもかねてならすぐに聞こえる返事が今日に限ってない。上がった。おやつは出してあるが炬燵はつけてない。室内を探し回ったが居なかった。それでさほど離れてない伯父の家に泣きながら駆け込んだ。伯父は買い物だから直ぐに帰る、寒いから此処に居れば必ず戻るからと慰め、引き止めた。

その後積もりだした雪の中を中学生の隆志が帰った。がらんとした家の異変に気付き伯父夫婦のところに来た。伯父は不審に思い、兄妹に伝言とか母に用事がなかったかを改めて柔らかく訊ねた。どちらもなかった。そのため吃驚して隆志と一緒に家に向かった。

室内を調べたところ、水屋に当分の生活を賄う現金を隆志が見つけた。それ以外の金はなく、土地、家の権利書もない。一部の洋服もないと隆志は証言した。仕方なく玄関の鍵を閉めて戻った。その夜兄妹は伯父宅で待った。母の姿はついに現れなかった。雪は下駄の跡が残るほど積もった。

伯父は翌朝、寛子に知らせたかった。しかし大学受験を思い出し辛抱した。そして隣町の母方の祖母に連絡した。急いでやって来た祖母は一部始終を聞き、酷く驚いた様子で帰った。調べて出直して来ますからの釈明が残った。

その後伯父は甥と姪を学校に送り出してから、町内をそれとなしに尋ね回った。二日あと知り合いの旅館で、男性の後を追ったのでないか、と耳打ちされた。何故そう考えるのか、の問いに女将は曖昧に返事した。他人《ひと》を傷つけまいとする、かねての彼女の物言いを知る伯父にとり答えは断定を意味した。

男は春先になると毎年町を訪れ、五日ほど滞在した日用雑貨の行商人らしい。寛子は以前に見たことがある。人を逸らさない話し振りで集まった主婦達を笑わせた。母が居なくなる前日に宿を引き払った。それらを聞き合わせて伯父は電話した。

寛子は奇妙な組み合わせに唖然となった。真っ先に父の顔が浮かんだ。次に、父とは正反対に派手な身振りでよく喋る男の顔が蘇った。普段見聞きして知る母の好み、男性観と異なる人物に過ぎない。慎み深い母が惹かれる要素の全くないように思えた。

そして旅館に行き宿帳を見せてもらえば男性の現住所が調べられる、と内心考えた。だが直ぐに意地で捨てた。故意に放置された娘が、行方を捜す必要はない。それに母も好まないだろう、意地も分別もあった。手を取り合っての逃避行だから、子どもなど眼中にないのだ、の八つ当たりもあった。

男性がはっきりすると、呆れる一方で案外冷静になれた。共に逃げたにしても性格の違いから喧嘩して、じきに戻るかもしれない。母も頭を冷やす期間が必要だろう、と考える落ち着きも出た。今更泣き喚いて非難してもどうにもならない。逃げ去った人を追いかける醜さを味わいたくない乙女のプライドもあった。

間違いであって欲しいと念じ続けた母の仕打ちが、実際に行われたのを知った。するとと昨日夕方に始まった混乱から立ち直り、今後の方針が確認できた。伯父に返された現金を手にして、このまま兄弟一緒の暮らしは到底出来ない。実際にどのように対処するかの具体策作りを早急にまとめなければならなかった。明日考えるなど悠長な場合になかった。少なくとも下校時間までに大まかにでも決めておきたかった。

養育の必要な里子は手元に引き取り、智子と隆志には就職してもらわねばならない。それは直感で決めた。土地と家の権利書があれば別の結論になる。伯父も早急に売買される危険を説いた。それがないと分かっている状態では大学と高校への進学を断念させる以外にない。

自身の就職さえ夢想だにしなかっただけに、三人同時の身の振り方は非常に困った。それまでの生活費が足りるだろうか、家を追い立てられるのでないかの胸騒ぎも加わる。いっそ一緒に、さっと不吉な誘いがかすめた。慌てて追い払った。

里子の下校に、もう少し時間があり、それが幸いした。伯父に相談すると住所録を手に、沈思する状態が続いた。やがて目の前の電話を取った。町内、県内、関西関東方面と次から次へ友人知人に懇願し始めた。就職状況が悪化する一方の雇用情勢にあった。依頼が断られるのを傍で何回も聞いた。ようやく隆志は大阪で電気部品のねじを作る小さな工場を経営する友人に、智子も都合よく大阪で看護婦をしている郷里の先輩に引き取ってもらうことになった。伯父の交友の広さ深さに吃驚し深謝した。

里子との今後は由紀にまず下相談したかった。親友とは言え、彼女の両親への間接的な頼みごとになる。手数の掛かる友人、の印象を両親に与えるのでないか、気がかりだった。しかし時間がなかった。その上頼る人も自分で探す方法もないのを考え、恥を晒す決断になった。これまでお世話になった先生や友人に挨拶もしないまま、形の変わった立場で会うことの羞恥心はなかった。見栄や外聞はこの際気にしない。何はさて置いても姉妹で生き延びられる、確かな生活根拠を持つのが最優先課題だった。

伯父の親切な取り計らいにやっと人心地がついた。母への恨みつらみより、差し当たって智子と隆志のご飯が食べられる段取りがまず決まった。残されたお金でいつまで食べられるのかを目算した。それにしても大阪までの旅費が予定外の出費になり流石に戸惑った。それを伯父が立て替えると申し出て助かった。催促なしの条件は神仏の加護にも感じ取った。

遅い昼食が終わったころ、里子が帰ってきた。姉を見つけてにっこり笑い、駆け寄りざま膝に乗る。待ちに待った人にやっと会えた人の顔付きって、本当にこんなに変わるものなのだろうか。その見本とも取れる程里子の顔は喜びに溢れる。顔面一杯、身体全体に嬉しさを表現している。

寛子も親に見捨てられ、哀れでならない妹をひしと抱いた。この清らかな瞳、健康そうな頬、赤みを帯びた肉付きの良い指。誰にも渡さない。どんな難儀をしても守らなければ、とまた力を込めた。傍で伯父はしんみりとなり、伯母が目元を拭く仕草がある。この子を一人前の娘にするまで涙は流さない、泣くものかと呪文のように頭の中で唱え涙を見せなかった。

夫婦の打ち明け話によれば、姉が帰るのを知らされた昨夜は興奮気味だった。遅く寝て今朝早く起きた。今抱いていると、不思議に母を訊ねない。幼心に、愛情の対象が自分より他の人に移った顛末を動物的勘で鋭く察知したのだろうか。そして姉しか、愛してくれる人間のいないのをはっきり信じたのだろうか。以前より重くなった体重の感触を心地よく感じながら頭を撫でたり身体を揺すったりした。

暫くして膝から降りると、持ってきた身の回りの衣類や教科書、絵本をさっさと運んでくる。そしてさっぱりした顔になっている。この小さな身体の何処にその様な知恵と魂があるのか、と疑いたい手際の良さである。この三日養ってくれた恩人夫婦への恩義もすっかり忘れたみたいにちゃっかりしている。早く帰りたいみたいである。それなりに考えたあどけない少女らしさに微笑みかけた。けれども笑みにならない。真剣に頼られているのを察し、顔は逆にこわばった。

やがて隆志が帰った。何時もの快活さは影をひそめ、心なし元気がない。ニコニコ笑いはしても訳知り顔にどこかぎこちない。養っていける自信はないものの、姉ちゃんが帰ったから大丈夫よ、そんな月並みな恩着せがましい台詞《せりふ》を使った。そのときひと月ぐらいしか賄えない金額が念頭にあったから、何処まで心からの笑顔が演出できたか、知る由もない。照《て》れ笑いだったかもしれない。顔色は白く引きつったかもしれない。久し振りの再会なのに、それが申し訳なかった。

隣に座る横顔を眺めると、産毛《うぶげ》が顎にまばらに生えている。未だ大人になりきってない。他人の家に寄宿するには自覚もまだ足りず、家から追い立てるには可哀想そうに見える。そのため転校、就職の件は、智子と同時に持ち出すのが良いとすぐに決めた。

夕食は伯母からの心づくしの馳走がもてなされた。その後一先ず伯父夫婦に礼を述べ、ともども生家に向かった。鍵を開け、中に入るとひんやりした漆黒の闇が兄弟を待った。年末の帰省以来の玄関だった。家族の息遣いが聞こえ、亡き父の匂いがこもる。エプロン姿で小走りに迎えた母は居ない。何はともあれ父に、そう考え仏壇の前に座り焼香した。そして帰郷を報告した。

十八才にして二親代わりになった瞬間だった。同時に、残った家族を健やかに成長させるために、自己を犠牲にしても尽力する決意を仏前に固めた。そして、大学の夢をきっぱり諦めた。それから万が一にもと望みをかけて持参した、受験問題集などを手に取った。勉強に精進した月日が思い返されて殊に懐かしい。手垢にまみれた参考書、努力した目標に未練や感慨がないのではなかった。捨てるよりほかに選択の余地のないのを再確認して、勢いよく塵箱に入れた。由紀の悲しそうな顔がちらついた。

2

不安定ながら新しい所帯が始まり、寛子は見よう見まねの家事に少なからずまごついた。それでも弟と妹が歳にふさわしく手助けしてくれた。力仕事と室内掃除は隆志、卓袱台《ちゃぶだい》拭きと茶碗並べは里子が甲斐甲斐しく手伝う。ことに里子が指示もしないのに、それぞれの箸を丁寧に置くおしゃまな姿に感心した。

隆志はうすうす感付いている。感じ易い思春期前半の少年に不名誉な影響は免れない。生涯ついて回る厄介な噂なのに見守るしかないのか。教え諭して納得させる問題でない。将来はともかく今は、事態を平静に受け止められる平常心を願うほかなかった。

里子は時折、母を尋ねた。大切な用事があり、それが終わらなければ帰れない。それまで大人しく待っててね。そのたびに同じ文句をわざと使った。里子も笑みを浮かべないまま頷く。いつか限界が来る。身内の僅かな油断、世間の口からばれるのは仕方ないと割り切るしかないのだろうか。

里子が真相を知るのはそう遠くないと胸を痛めた。今でも母恋しさを健気に耐える様子が見られる。あり得ない事件が起こったとき、信じきった者に裏切られた結末がはっきりしたとき、幼心は痛く傷つけられる。それを想像すると、不憫さに胸が詰まった。大人なら、思い切る術《すべ》もあるのに、理解力、対応能力に乏しい童女には悲しみ淋しさしかない。嬉しさ楽しさだけの明るい恵まれた環境に育てたかったのに。里子のためにも、何故そこを思い遣ってくれなかったのだろうか。愚痴りたかった。それでもじかに教える勇気はなかった。そのため臆病にも徐々に慣らしながら、母の心変わりを気取らせるほうを選んだ。

数日後、寛子は受験追い込み中の由紀に電話した。待っていてくれた。

「申し訳ないわ。目前なのに。やはり本当だったの。それで弟達が居るため家から離れられません。受験は諦めます。卒業式も出席できません。先生にも伝えてください。よろしくお願いします」

「一緒に頑張ったのに、残念だわ。仕方がないと言いたくないけど、貴方の心残りが分かるわ。とりあえず受けるけど。卒業証書はもらってきます。ほかに私に出来る用はない？　何でも言って頂戴」

「貴女も大変なときに面倒な頼みごとをして申し訳ありません。家を出る必要があるの。智子と隆志は何とかなりそうです。けれども里子を連れて生活しなきゃならないの。そのために仕事も必要だし、家探しもしなければならないの。何処でもいいから仕事と家を探してもらえないかしら。ご両親によしなにお伝えください」

「分かりました。家は見つかりそうです。今は就職難ですが、何とかするよう父に頼みます。入試が済んだらそちらに直ぐ行くから待ってて。気を落とさないようにね」

電話口で思わず手を合わせた。なけなしの金しかない者に取り、世の中がこれほど恐ろしいとは非常にきつい体験になった。足元に火がつく、それは無関係と聞き捨てた、知識のためだけと信じた熟語が自分にそっくり当てはまる恐怖。全てを誰かに縋らざるを得ない、経済的には根無し草の、己のひ弱さに鳥肌が立った。

そのとき、町内を物乞いに回るいざりの老女を思い出した。玄関前の地面にぺたっと座り、三味線を鳴らしながら民謡やおけさ節《ぶし》を唄う。終わると小銭か米が施される。髪は乱れ着物も汚れているせいか、時にはしっしっと追い払う家もある。町外れ松林の掘っ立て小屋に住む、彼女の哀れな境遇に似るみたいで身の毛がよだった。わが身もいずれ、あのようにうらぶれるかもしれない。そう決めて掛かると背筋が凍《こお》った。

それだけに由紀からの返事を期待するたびに胸が騒いだ。

終業式を待たずに智子が帰った夜、家族を集めた。後見人として伯父夫婦もその場に居てもらった。母の一件を報告し、今後の家族一人一人の在り方について決定、了承してもらうための集まりだった。不安をあおらないように、母探しをしない本音を悟られないように言い方に気をつけた。

母が居なくなり、金も僅かしか残されていない実情を、柔らかな言い回しで説明した。里子がちらりと目を向けた。そして今後は自分たちの力で、生き続ける必要があるのを力まずに語った。これまでの経過とこれからの心構えをそれとなく伝えた積もりだった。一旦説明を始めると、智子と隆志が身体を固くし、次第に表情を曇らせていくのが見られた。

漫画に夢中だった里子が、気落ちした雰囲気に驚いたように頭を上げ姉達を見回した。里子の頭に手を遣りながら、寛子は更に申し渡した。

「伯父さんに相談しました。お陰で大層お世話になりました。残念ながら智子の高校は続けられません。大阪にいる看護婦の知人に良く頼んでありますが、隆志も家が競売される恐れがありますのでここに住めません。大阪で鉄工場を経営する人の家に引き取ってもらうようにしました。そこで仕事を覚えながら中学に通う予定になります。里子は私が鹿児島で面倒見ます」

避けて通れないにしても、言い渡す寛子も身を削られるような痛みがあった。揃って郷里を離れるのさえ、厳しい環境の変化に他ならない。まして進学の夢も絶たれ、全員がばらばらに別れて暮らす破目になる。家庭のよんどころない事情とはいえ、天国から地獄にいきなり突き落とされる、哀しい気分になっただろう。一番年上の姉でありながら母の蒸発を事前に見抜けなかった失態、彼らを引き取って守ってやれない責任は重々感じた。

涙を抑えきったが、伯父夫婦の目は潤んだ。

智子は友達も居る鹿児島で働きながら看護婦資格を取りたい意向のようだった。珍しく言い張った。しかしそれは大阪に出す隆志の子供っぽさを考えたとき、同意するわけにいかない。弟を引き合いに出し、叱るみたいにして説得した。

隆志は会ったためしもない大阪の人と聞いて心細そうな目の色を隠さなかった。鉄工場の職場が向いてない、同居する家族も中学も馴染めそうにない、などなどと不満を並べる。仕舞いには姉ちゃんや里子と暮らしたい、なんでもするからと訴える。

全員が同じ町に居て、肩を寄せ合い食べて行くのが理想だった。まずそれが出来る金銭的現状になかった。それに新学期も迫りゆっくり職探しする時間的余裕がなかった。そのため雇用場所の多い大阪にどうにか頼み込んだ事情がある。由紀に依頼した家と仕事もあるかどうか未だ不明だった。一家全員の世話を押し付けられるわけがなかった。寛子は給料だけで家賃や税金保険料を払い、妹と暮らしを立てる厳しさを根気強く説明した。義務教育の後一年はどんなにしても卒業して欲しかった。そこで知識を学び、得難い先生や友人と出会い、生き残る知恵を単独で見つけて欲しかった。

更に隆志が粘った。直ぐに新聞配達をし、卒業したら選り好みせずに就職するから。それには一瞬詰まった。背負った積もりの弟に教えられた気がした。寛子も正直、そう思った。そうすれば家計の面でも監督の点でも良かった。

場合によっては智子も上阪しなくてすみ、全員が同じ屋根の下で暮らせる。そのほうがよほど良いじゃないか。そんな心境に一時ぶれた。けれども隆志の場合、一年後の就職を念頭に置き、伯父とも話し合った経緯がある。結果的に今の不景気が続けば続くほど、地方より都会に雇用の機会が多いのに意見一致した。おまけに兄弟可愛さに情に脆い行動をすると将来、共倒れになる懸念もあった。そこで心を鬼にして、漸く踏みとどまった。最後は智子の一言、これ以上姉ちゃんを苦しませちゃ駄目よ、隆志。

弟の言い分も道理にかなうだけに説き伏せた後、荒っぽい遣りかたで強制するのはむしろ姉だと悩んだ。そのためその様な方法でしか兄弟の苦境を救えない、能力の無さを心の中で噛み締めた。寛子は鹿児島市に決めた理由を語った。

「出来たらみんなと一緒に大阪も考えました。しかし今は仕事と借家を見つけやすい鹿児島を考えています。何よりもお父さんのお墓参りも時折帰れます。里子は小学校、中学、高校と行かせます。生まれ育った土地ですが、住むわけにいきません。由紀姉さんに頼みました」

里子が内容を理解したのか、一緒に住むと聞き姉の膝に乗った。するとその、歳の離れた末っ子の素早い振る舞いが微笑ましい笑いを誘った。絶対に姉と離れない意思表示に取れ、姉を独り占め出来る自慢にも取れ、暗くなりがちな空気が途端に明るくなった。愛くるしい動きがその場の気色を瞬く間に変えた。

自分ひとりなら、本当は父の墓を守って故里に残りたかった。選り好みしなければ水産加工関係の仕事も手頃な借家もありそうだった。ふしだらな母の娘の汚名も我慢できた。しかし頑是無い妹のためにはならないと諦めた。今は幼くても将来に亘って囁かれる、中傷が彼女の精神衛生上マイナスになるのは必定と積もった。その結果として、いじけた内向的な性格に育つのを嫌った。物質的に貧しくとも精神的には豊かな人間性を持つ女性に育って欲しい念願があった。

その夜が白々明けるまで語り合った。里子を早々に寝かせ、伯父夫婦が帰ったあとも炬燵に入ったままだった。折角の大学進学、高校進学が夢物語となり、団欒もなく、息苦しい空気が部屋に満ちた。ともすれば母の仕業を口惜しがり、父を恋しがった。

その翌日は伯父に頼んだ親族会議になった。殆ど寝なかったため、頭がずきずき痛んだ。母の不始末の詫びを入れ、兄弟の今後について報告する積もりでいた。それで終わりの予定だった。しかし母方父方双方の親族に連絡したものの、集まったのは父方だけになった。そのため最初から不満や怒りが渦巻いた。不満は世話役の伯父に集まりがちだった。伯父は腕を組んで黙った。寛子はその間中、心持ち顔を伏せ、時折頭を下げた。隆志と里子を出席させなかった判断がせめてもの救いになった。それでなくても気落ちしている弟達に、追い討ちをかけるみたいな母の悪口を聞かせたくなかった。

やがて非難が一通り終わるのを見計らっていたのか伯父が、未だ言いたそうな人をさえぎった。そして簡単に挨拶し、寛子に目で合図した。

その場が静まった。まず母の無作法のため親族に迷惑を掛けた罪を陳謝し、今日まで親子ともどもお世話になった礼を述べた。そして昨夜の経過を踏まえ全員の身の振り方を語った。由紀に頼んだ内容も報告して締めくくった。

頭を深々と下げ智子がならった。たとえ酷く貶されても将来のために謝るしかない、のを決めていた。あえて反論したりすれば、近いうち故郷を離れるとき、見放されて惨めな結果になる。墓がある以上それは好ましくない。父も喜ばないだろう。

この場合、兄弟のために罵られても仲良くするのが最善と考えた。

それでも寛子は、もう少しくすぶるものが吐き出されるのを覚悟していた。商売している従兄や町会議員に立候補を目論む親戚、見合い話の出ている娘の母親から、その恥さらしな悪い影響が取りざたされるのを聞いたためだった。

それからは母に対する非難も無く感心な娘だ、逆に褒められる。その後、心優しかった生前の父の話題に花が咲いた。誰にも親切にし、身分や考え方に隔てのない交友関係が口々に語られる。それに逸話も幾つか披露され、一同しんみりする場面があった。途中、「気張れよ」「墓参りは俺達もするから心配するな」の方言が中から飛んだ。終わる頃にはすっかり打ち解け、それぞれから餞別まで頂いた。

次の日から大阪への準備のため更に忙しくなった。まず初めに揃って墓参りした。母を制止できなかった過ちを墓前に懺悔《さんげ》した。それぞれに成長した姿を父に見てもらいたかった。そして今後は離れて暮らす兄弟を見守って欲しかった。

帰宅すると用事が山ほどある。布団の打ち直し、寝巻き着替えの用意、洗濯、転出証明書、汽車切符の予約、土産物の買い物。切りがないほどの準備に没頭した。

毎日のように伯父夫婦も代わる代わる訪れ、列車時刻表や車内用の飴玉、漫画などを届けてくれる。寛子にしても目の届かない場合があり、小さな親切に随分助けられた。夜になり、表の読み方とか早朝に当たる下車時間を二人に念を押したりした。鹿児島から先は未知の駅になるため、姉弟で時刻表を覗き込む姿が微笑ましかった。

多忙を極めても、夕食後は努めて静かな時間を持つようにした。みんな一緒の残された短い時間を大切にして、なんでも互いに語らいたかった。自然と卓袱台が真ん中になる。寛子はもっぱら聞き役に回った。その間里子は姉達の話題に加わらず、千代紙をいじったりお菓子に手を伸ばしたりしている。隆志と智子が思いのほか、家を離れることに執着して居ないのが分かった。

昼間の智子と隆志は友達を訪ねたりして加勢にならない。寛子はむしろそれを喜んだ。青春時代の切ない別れのときに間違いない。存分に語り合い、思い出作りに励んで欲しかった。心置きなく留守にするのを望んだくらいだった。それでも家に帰ってくるたびに二人の表情に影が差し、口数が少なくなるのに気付いた。楽しい家庭に両親の庇護を受け甘やかされる友達と違い、不案内な遠い異郷に旅立つ身の哀れさを比較したのだろう。それを眺める寛子も胸が痛んだ。

今まで元気一杯な隆志が、しょんぼりと玄関に入る姿に胸を締め付けられた。将来は商船学校に進ませ、大型貨物船の船長にしたい。そのように語った父の夢を無残に摘んだことが心苦しかった。

さらに智子は、涙を拭いた跡が数回続いた。夢多い年頃を思い同情した。突然降って沸いた家庭崩壊が原因だけに未練がほとばしるのだろう。しかし、いずれ自律心が芽生える、そうすれば涙するときも無いだろう。見守るしかなかった。寛子も同じ感傷に浸りながら忙しく立ち働いた。時には里子の手を引いて役場や郵便局に動き回った。そんな日常の中にふっと父を思い出すときがあった。叱られた子さえいないのでは、そう思い返した。父が居れば、は決して口にするまい嘆くまい、と自分自身に言い聞かせた。それでも恋しくて仕方がなかった。

明後日が出発と言う日の午後遅く、智子は眼を真っ赤にして帰った。

「智ちゃん、何かあったの？」

「なんでもないの。でも口惜しいの。お母さんが……」

そう言うと姉の胸に飛び込み、しゃくりあげた。妹が言いよどんだ続きは察しがついた。「あんなことさえしてくれなかったら」そう言いたかったのだろう。子供を守るべき母の不始末を恨めしがるのは察するにあまりあった。友人が順調に学校に通い、家族仲良く生活する様子に娘心もうずいたのだろう。その情景が目に映った。

あれほど勉強し、喜び勇んで入学したのに、一年で中退させられた気持ちは語らなくても十分理解できる。気が済むまで泣かせようか、それともこれからは独り立ちしないといけないのに、他人の身分や境遇を羨む精神面の弱さを捉えて厳しく叱ろうか。迷った。この妹のために姉の立場なら今はどうあるべきか、今後生きていく上にはどちらがプラスになるのか。自らも目頭が熱くなるのを覚えながら懸命に考えた。その結果これ以上傷つけないで、叱らずに丁寧に諭したほうがよいと心に決めた。

心の底に潜む、誰かに助けを求める依頼心が無くなるまで、胸の奥に溜まる憤懣や悩みが全て吹き飛ばされるまで。思いっきり泣かせることにした。これからは避けられない苦しい日、人に甘えたい日が続く。それでも自力で生きて行かねばならない。泣き喚いても助けてくれる人は居ない。涙はこれをお仕舞いにして欲しかった。これを終わりにして、智子なら耐えてくれると確信したからだった。

「泣いていいのよ、智ちゃん。成績が良かった貴女の気持ちはよく分かるの。将来をめざして辛くても頑張ってね。そうすればまた、みんなと笑って会える日が必ず来るわ。姉ちゃんは貴女を何処までも信頼している」

出発を明日に控えた夕方、夕食用に寛子は心づくしの手料理を食卓に並べた。出発を知った親戚から鯵、鯖、イカ、などなどの魚類や野菜、果物が持ち込まれて食卓を賑わす。白い布を被せたテーブルに普段より多い皿数が載せてある。揃ったとき、寛子は寄せられたご馳走別に親戚の名前を伝え、それぞれへの餞別を渡した。そして向こうに着いた時は葉書でもいいからお礼の手紙を出すよう伝えた。それからおどけて宣言した。

「今夜は送別会です。会費は要りません。食べながら楽しい会にしましょう」

暫く黙って箸を取った。静かな箸の上げ下げから、皆が揃って食べる夕食の味を噛み締めているらしいのが分かった。兄弟、友人、生まれた土地、我が家との別れにどれ一つ取っても愉快なものがあるはずがない。行く手に心地よいものが待ち受ける予感も無いだろう。胸が締め付けられそうな湿っぽい空気の中に、寛子は努めて明るく話を切り出した。

「同じ大阪だから時折行き来して仲良くしてね。家の人や先輩の言われることをよく聞くのよ。辛くても我慢するのよ。辛抱できそうに無いときは、別れて暮らしている兄弟を思い出してね。挫けちゃ駄目よ。智ちゃんは近くだから面倒見てね。隆ちゃんは長男だからいつか必ず、家を再興して欲しいの。位牌は預かりますが、貴方が結婚したときに渡します。それを忘れないでね」

「うん、忘れないよ」

「お姉さんに甲斐性があれば、みんなに苦労させないで済んだのにご免ね。身体に気をつけて働くのよ。悪い仲間と付き合ったら駄目よ」

「俺はもう覚悟を決めたから大丈夫だよ。智姉ちゃんも近いから訪ねて行くよ」

「看護婦は性に合ってるみたいなの。まず准看護婦試験になるけど大丈夫よ。私たちの心配もだけれど、この家も近いうちに出るんでしょ？　由紀姉さんから返事あったの？」

「近く本人が来るようになってるの。身元調査ではねられる場合もあり不安だけど、それはお父さんによく頼むからって言ってくれました。それを信じてるわ」

期待を込めて報告した。それでも何年か先まで揃うことの無い兄弟を思えば悲しい。めそめそしてならない立場が気丈にさせた。

更に、ここ数日の間考えた、全員が再会する計画を提案した。みんなも直ぐに賛成した。それにはお互いに旅費を貯める必要もある。話し合いの末、隆志が中学卒業後四年に一回、第一回は鹿児島市と決まった。

胸に詰まって食欲も無いのではと心配したものの、刺身も煮付けもだいぶ減っている。頃合いを計った寛子は、思い出したみたいにさりげなく口にした。

「お母さんからの連絡はないと思うけど、あったら教えるから。それからお互いに手紙を出すようにしようよ」

話を一旦切り、写真帖を取り出すと好みのものを数枚ずつ取らせた。次に家族全員が写った写真を智子と隆志に渡した。

「その写真は家族全員が仲良くそろっていたときのものよ。みんな笑っているでしょう？　焼き増ししてもらったの。お父さんも幸せそうでしょ？　あの頃は楽しかったわね。でもね、考えてみれば両親がいて私たちが居るのよ。今は複雑な想いがあるけれど、時々眺めて欲しいの。ただ一人のお母さんだから、会う日が来たら許して欲しいの。これはお姉さんからのお願いよ」

その夜遅く、寛子は皆が寝静まるのを待って庭に降りた。少し冷えた。月夜の庭は少し広い。奥に海の神様を祭る権現の小さな祠《ほこら》がある。船出する朝父は必ず手を合わせた。未だ幼い日、父に尋ねた。すると、家族の幸福を一番に祈ると返事があった記憶がある。家庭の平和は昔話になったが、四散する兄弟の絆は固く保ちたかった。それが父への何よりの供養になると信じた。

おぼろげに見える正面の端山は、なだらかな稜線を描いて心を和ませる。少女時代、悲しさ嬉しさを打ち明けた。今夜も心中の悩みを聞いてくれそうな気がした。近くの川辺りから、生まれて間もない子蛙だろうか。貝殻をこすり合わせるみたいな鳴き声が二つ三つ起こった。それよりほかに夜のしじまを破るものはなかった。

このときになっても旅立たせる者たちのこれからの毎日を案じた。学校、仕事、寄宿先の習慣、病院のしきたり、先輩同僚との付き合い。それらを無事にこなしてくれるのを祈った。そして誰からも可愛がってもらえるよう努力するのをまた祈った。

何とはなしに溜め息が出た。最愛の子を捨ててまで貫く女の、黒い情熱が自分にも流れているのか。想像するだけでやりきれないおぞましさが残る。あんなお母さんは親でない、忘れてしまいなさい、何故それが断言できなかったのか。悔むばかりだった。他人《ひと》を憎みきれない性格の弱さ、物事に白黒をつけたがらない優柔不断さがまた思い出され腹が立った。

出発の朝になり、やっぱり一緒に暮らそう、が喉から出かかった。急に目を輝かして喜ぶ顔も浮かんだ。半ば押さえつけるようにして無理に口説き落としたのが負い目になる。人生の境に悄然と立ち尽くす彼女らの切なる要望を、すげなく退けたのは正しかったか。忠告に誤りはなかったか。すでに十八才。若さゆえの判断ミスをしなかったか。朝食の準備中に考え込んでしばしば手を止めた。伯父も同意したのを言い訳に、割り切れない思いをやっと振り切ることが出来た。

少し俯き加減の二人を先に、揃って始発営業所に向かった。バス停に春色の明るい色調の女学生と中学の黒い制服姿が目立った。到着すると忽ち、それぞれ智子と隆志を真ん中に輪を作った。賑やかに談笑し始める。淋しさと勇気付けをかね合わせた顔が揃った。みんな両親に見守られ幸せそうな、混じり気のない澄んだ目をしている。

親戚や近所の人たちも近寄り、手を肩に置いたり握手したりして励ます。卒業式を待たずに去る友を激励するざわめきがある。親のない子に親心が多数示されている。胸が詰まり涙しそうになった。

寛子は直視できなくなり、ふと視線を遠くに走らせた。向こうに目の休まる光景が点々と広がる。真正面の端山に春霞が漂い、山裾の民家がかすむ。水墨画みたいな趣があった。手前に菜の花の咲き誇る畑がいくつかある。こちらは長方形や真四角の畑が散在し、黄色い絵の具を流したみたいに際立つ。同じ視界に納まる対照的な画風の絵が眼の保養になり、落ち込みがちな気分を引き立ててくれた。


バスを見送り、帰った家は無闇に広く感じられた。彼らがだいぶを占めていたのだろうか、寒々とした部屋に生活感が乏しい。布団包みや鞄などの道具がなくなったせいもある。だだっぴろい空間に空しさの広がりを痛感したのはそれだけでなかった。父と母、智子と隆志。死別生別があり家族の殆どが居なくなった。残るのは姉妹。そして誰もがこの家から居なくなる。兄弟との惜別から続く、強迫観念に捉われていたからだった。

それに加えてその後の、うら寂しい廃屋の姿がイメージされ薄気味悪い静けさがあった。里子が居るのを思い、気を取り直しても、なんとなく家が小暗い。つい今しがた送り出した彼らが居るみたいな錯覚に見舞われた。

里子も立ちすくんで動かない。右手を延ばし抱き締めた。涙をためた智子、手を振る隆志が残像となり不在の実感が湧かない。何処かに隠れて、不意に出て来そうな気がする。未練がましく、今ごろはどの辺りだろうと見当を付け、隣町に通ずる路傍の風景を頭に描いた。ようこそ同じ日に出した。こんな悲しい別れが続けば狂いそうになる。それが本心でない別れになった寛子の正直な心境だった。

お昼は簡単に済ませた。何もかも果敢なく味気ない。里子もゆっくり箸を動かす。家事や自分たちの引越し準備をする気分になれない。今ごろはフェリーに乗っただろうか、或いは駅に着いただろうかと案じ、部屋を行ったり来たりした。見送る人もない連絡船や列車の別れに、寄り添う姉弟《きょうだい》の姿が瞼に映った。

昼間はどうにか遣り過ごせたものの、里子も沈んだままにいる。遊びに行こうとしない。家でも遊ばないで姉の後ろをついて回る。今にも智子の笑顔が夕餉の鍋を覗き込み、「おかわりっ！」隆志の元気な声がかかりそうだった。

半日は長かった。今度は狂おしいまでの夕闇がやって来た。その魔物は家の内と外にじっとうずくまり動かない。途轍もなく大きく真っ暗な闇は心を惑わしかねない。若し独りだったらと思い、ぞっとした。わが心とわが身の抑制に自信がなくなりそうだった。長姉であることの自覚により、辛うじて平静が保たれた時間だった。

　夜汽車に揺られる十六才と十四才の心配そうな顔が目先にちらつく。持たせたお菓子は食べただろうか。夕食の駅弁は食べただろうか。遠く近く流れる人家の灯を眺めながら思うのは故里か、或いは大阪か。脅したりすかしたりして旅立たせた姿が瞼から離れない。電報で呼び戻したい衝動に駆られる。

その夜、里子が寝入ったのを潮に立ち上がり窓越しに外を眺めた。

漸く姿を現した月が朝夕見慣れた山の端に掛かる。黄色に少し赤味を帯びたくちなし色の月だった。普段は余り見ることのない色づいた月である。青白い光の届かない庭辺りをぼかし絵みたいに濃く淡く影を作る。今にも蝙蝠が飛び交いそうな、暗くひんやりした夜だった。旅立った者残った者の来し方、現在、行く末が脳裏を過ぎる。

そのとき不意に電話が鳴った。しかし受話器を取った途端切れた。今ごろこの時間に、と疑い掛けた。直ぐに母を連想した。

今ごろどうしているだろうか。幸せに暮らしているのだろうか。男に騙されたのではないだろうか。心はまたも、母の境遇に飛んだ。目を瞑れば、狭いアパートの一室。酒を飲みながらくつろぐ中年の男に奉仕する女の姿がある。身体を小さくして下座にかしこまる。やつれた小柄な中年の女は悲しそうな目をしてご飯をよそう。

憶測するとき、そのように侘しい場景しか見えないのは何故だろうか。その様に願望も肯定もしているわけでないのに、どうして暗い場面しか写らないのだろう。払い除けても母の幻影には常に、気の毒な様子しか現れなかった。

父が亡くなって三年。生身の女性の生理、欲望を心得ないではなかった。好ましくはないが、家庭に波風さえ持ち込まなければ、ある程度なら知らぬふりが出来る度量もあるつもりだった。場合によってはこちら側の主張を曲げて良かった。取り下げても良かった。何故再婚の形式を踏まなかったのだろう。それはつい先日に起こり、離れなくなった疑問だった。たとえ反対されてもその結果の雲隠れなら、ある程度正当化の余地が出る。こちらにしても考えを変える必要が起きたかもしれない。

とことん話し合い、その男性の誠意が認められた場合、同意もあり得たのに。愛と奉仕の証明に土地と家の権利書も請求されたのか、それとも愛情を確実にするため進んで差し出したのか。今となっては根こそぎ持っていかれた感があり、誠実さを見出せない。手鍋提げてもとされるほどの純粋な真剣さがあれば、とある程度の望みもつないだ。今となっては醜い色事の話に終わりそうで賛成できない。

その一連の思いが尾を引いて、寂しげな幻を生むのだろうか。母への絡まった感情と旅立たせた姉弟に思いを馳せ、端山を見上げた。

春月の足は思いのほか速く、もう端山の稜線から離れた。夜空に光を放つ星が散らばる。その中を今船出したばかりの飛行船みたいに、くちなし色の月が悠然と構える。遠い遠い宇宙の果てから山の頂上付近に顔を出した、親しみの持てるきれいな天然配色の月だった。蒸発した母を持つ娘をまるで慰めでもするような温かみのある色をまとう。掴めそうな近くで手招きするみたいにふんわり浮いた。これまで見たことも少ないような神秘な色の、余りにも人懐っこい姿に魅せられ目が離せなかった。

3

二人暮しになり数日経った。手持ちの金も日を追うごとに目減りする。焦りは禁物と自身に注意する毎日になった。受験が終わるまで由紀からの電話はない、と指折り数えてもやはり心待ちした。不足しがちな財布の現金と就職への焦燥感に耐える寛子は自然と、月を眺める夜が続いた。今夜も里子を寝かせた後、月が端山に掛かるのを待った。

月の出を待つ間、慣れ親しんだ端山に小声で話し掛けた。「このお金で足りますよね、山の神さま」。少女に返った気持ちだった。夜空に薄くなだらかな曲線を眺めると心が休まる。住み慣れた家から眺め続けたじっこんの山。少女期に多くの願い事を訴え、気が休まった。その頃の懐かしい体験にならいたかった。泣き言を並べる相手のない身には、いまや唯一の身近な仲になった。

時折後ろを振り返った。里子しか居ないのは分かっていても、やはり寝顔が気になる。楽しい美しい夢を一杯みてくれればいいがと気を揉んだ。

あの子も可哀想だ、分別できる歳にならない前に生母に去られて。何の罪もないのに。一言の謝りの言葉もかけられないで。初めは母を尋ねて困らせた。雰囲気で子供心に気付き始めたのか、この頃はあまり尋ねない。その代り、姉の後ろをいつも追って離れない。逃げもしないのに裾や袖口を掴んで放さない。そんな妹が無性に愛しかった。

母が居なくなってから人が変わったみたいに臆病になった。独りでトイレに行けない。姉が居なければ幼友達とも遊ばない。登校時も送らないと校門から入らない。下校のときも校門に出迎える。そして姉が居なくなるのではと、いつもひどく怯えている。

里子が布団を外した。着せかけてやりながら寝顔を覗き込んだ。今日はまだ寝言を言わない。時折うなされるのに、それもない。母の浅慮を惜しんだ。六歳の娘が実母と生き別れする、残酷さがどれほどのものか分かっていたのだろうか。将来に向けた希望とは裏腹に、前途をへし折られて他人の家に寄宿する腹を痛めた子の厳しさをどのように汲みとったのだろうか。

我欲と子たちの願いが両立できるように、もう少し遠慮できなかったものか。世間体もかなぐり捨て、情欲に走った浅はかな振る舞いが解せない。金の絡んだ愛情に未来があるとも思えない。いずれは尾羽打ち枯らして帰るはず、と突き放すと更に、母の娘である自分の非情振りが遣る瀬無かった。

薄ら寒くなり、膝掛けをとって窓際に座った。

家に帰って以来僅かしか経たないのに、だいぶ老けたように感じた。鏡に見てもどことなく痩せて青白い。家計面の心配がじわじわ積もるからであった。それだけに由紀からの返事が待ち遠しかった。翌日に待望の電話があった。

「試験が無事すみました。大体良いと思うの。それでね、貴女の仕事を頼んでいたので結果を聞いたの」

「合格は間違いないから、良かったわね。私のことでお父さんにまで迷惑かけて申し訳ないわ」

「詳しい話は会ってから話すとして、結論を言えばいいところが見つかってね。父が保証する代わりに家庭事情は何も聞かない社長の約束です。市内では中堅の土木会社です。それに適当な家も見つかりました。安心してください。さっちゃんの転校手続きがあるので出来るだけ早く行くようにしますから待っててください」

「手数かけてすみません。お父さんに保証人になってもらい恐縮です。絶対迷惑かけませんからどうかよろしくお伝えください」

「分かったわ。一応そこの会社概要のパンフレットを送るから読んでください」

折り返し厚い封書が届いた。レンガ造り三階建ての重厚な佇《たたず》まいの会社である。新しく異業種への進出の計画が進んでいるらしい。寛子はそれを読みながら自分の将来像を重ねた。

親代わりになり、実際に暮らしてみて、お金のない生活の恐ろしさを嫌と言うほど思い知らされた。それは収入を得られる技術、或いは知識を手に持たない女の悲哀を骨身に刻んだ。そのためまず就職したら会社に貢献しようと誓った。その上で、将来のためにいざと言うとき生活を支えられる技能や資格を身に付けたい思惑があった。

とにかく社長と社員に気に入られ会社に必要な人間になろう、と決心した。そして手に何らかの仕事を覚え資格をとりたかった。まずそろばんと簿記を習おう。高校では根っからの文系だったから素早く頭を切り替えた。

寛子は次々に夢を膨らませた。これで飢え死にしないで済む。里子が居れば抱き合って一緒に喜び合いたかった。仏前に焼香し、時間をかけて就職を報告した。兄弟も大阪に無事到着し、満足感に浸った。そのとき電話がなった。一瞬、これまでにあった数回の無言電話を想いだした。今度も悪戯かと疑った。

「はい、柴田です」

「……」

電話の向こうに人の気配がある。耳を澄ますと息遣いが聞こえそうな臨場感がある。襖一枚開けると誰かが立っていそうな緊迫感がある。それなのに返事がない。

「もしもし、柴田です。どなたですか？」

人影がすうっと闇に解けるみたいに人気《ひとけ》が消えた。見えない向こう側に人が居ない。受話器は信号音に代わった。これまでの、取ると切れる電話と違い相手の握る時間が随分長い。しかも確かに向こうに居た。悪戯にはとれないし、怨まれる覚えはないし祖母だろうか、母だろうか迷った。無言電話については聞いたりするけれども、今のそれは温かいものがあり、危険を感じさせるものはない。こちらの様子を声の調子で測るみたいにとれた。話したくても話せないその人は、勘で言えば母に違いなかった。

寛子は意を決して、お母さんでしょう？　と訊ねなかった機転のなさを口惜しがった。母も素直に名乗ればいいのにと胸が痛んだ。その一方に、でも今ごろになって不憫になるのなら何故あの時。母娘《おやこ》の親密な心情から来る甘さを切り捨てたい厳しい感情もあった。


由紀は発表の翌日、町のバス停に降りた。出迎えた寛子が吃驚するくらい変身している。水色に統一した春先の服装に、作業着を入れたボストンバッグとフリージァの花束を手にする。濃黄色の花から芳しい香りがした。道すがら智子と隆志に会えなかったことを残念がった。寛子も智子からの伝言を伝えた。家には直ぐ着いた。由紀によると、借家はその会社に歩いて行ける距離にあり、里子の小学校も近くにあった。市内の高校時代を過ごした寛子も土地勘があり、庶民的な閑静なところである。

部屋に上がり最初に、心配した借家の話を聞いた。

「有り難う。仕事も家も何もかもすっかりお世話になって。これで安心して此処を離れられる。嬉しいわ」

「新学期に間に合ってよかった。なぁーに、鹿児島もこちらの学校も学力に差はないから大丈夫よ。さっちゃんも直ぐに慣れるわ」

「なんだか自信が出てきたわ。今ごろ言うのも可笑しな話だけれど、以前は気持ちだけが先走った。責任を果たすことばかり先に立ち、足が地に着いてないみたいだった。けれども仕事と家が具体的に決まり、人生の目標に届いたみたいで。みんな貴女のお陰だわ。恩を返せる日があるか分からないけど、私も頑張る。有り難う」

寛子はすっかり安心した。母は気になるが、後は里子を確り養い、全員の結婚を見届ければよい。女の幸福は仕事と趣味の中に見つければよい。今までに熟慮した末の結論と心構えに充分に納得した。

そして精神的にも金銭的にも父親の分までとはならないにしても、彼女達が淋しくないよう困らないように力の限り尽くしてやりたかった。それは父の信頼と家族を裏切り、自身に負けた母への意地もあった。それに世間には感情とか欲望を立派に自制しうる女もいるのを母に見せ付けたかった。

寛子は仏間の鴨居にかかる写真を時折見上げながら語った。父が苦労して作った家も人手に渡り立ち退く破目になっている。土地も金も財産全てなくなった。子たちの行く末を思い遣ればなお更に、はらわたの千切れる哀しさがするだろう。誠実に働いた人がこんな結末になり父が気の毒でならない。今後は借家で位牌を確り供養したい。

潮焼けした顔に太い皺。家族を頑丈な腕で誠実そのものに守り続けた父は変わらぬ優しさに微笑んでいる。自分に言い聞かせながら、由紀に告白の積もりで今後を口にした。

わが身の将来を語るにはだいぶ早い気もした。しかし明かすことで逃げ道を断ち、破ってならない強い戒めにしたかった。懇親話が出来るため、都合が良かった。里子は同級生からの送別会があり担任の先生宅に呼ばれ、留守だった。

慎重に打ち明ける意志を由紀は黙って聞いた。頷きもしない代わりに首を横にも振らない。一見、全てを聞き入れてくれたとも取れた。しかし、ややあって口を開いた。そして表わされた決意を思いもよらず退けた。

「あなたも大変な難儀を背負ったわね。泣き喚かないでじっと我慢して、冷静に事態打開に当たる貴女を見て尊敬するわ。さすが私のかけがえのない親友だ、とみんなに自慢したいくらいよ。普通の女学生なら途方にくれるだけかもしれないね。それは同情するの。でもね、私の意見も聞いて欲しいの」

そう言って面と向かい正面に座りなおした。瞳に一歩も引かない気迫がみなぎる。このように気合をあらわにしたのは初めてだった。

「兄弟のために尽くす心意気は立派です。しかし自分のことがなおざりにされるのは問題です。姉が犠牲になる話は世間にもあります。弟妹に尽くす女性として美談になり持ち上げられ拍手喝采されるでしょう。あなたは人気者になり世間から一時賞賛されるでしょう。しかしその結末、その未婚の姉にしばしば痛ましい老後の生活が待つのも世間に多くある現実です。むしろ冷ややかな視線に晒される場合が多いと思うの。独身を否定するのではありません。結婚を殊更美化するつもりもありません。前提の考え方に同意しないんです。弟妹を見届けて幸せな人生を送る人も居ますが、婚期を逸した女性に、その様な人が少ないのも世間の現状です。誰かが捨て石になる形は最善でないと敢えて忠告したいの。肝心の兄弟さえも望まないと思うの。人生に目標を立てるのは当然ですが、老年になってからの自分を今の段階で決め付けないで欲しいの。両親の居ない者たちをほっときなさいと勧めるのでは絶対にありません。いい加減な世話でも良いと言ってるのではありません。むしろ今はそれくらいの決意がなければ母親代わりは務まりません。ただみんなの成長振りを楽しみながら、その上で柔軟に結論出しても良いじゃないの？　真面目に働く貴女を横から眺めて、愛情を持つ男性がきっと現れると確信するの。その時は最初から拒否するのでなく、相手に胸のうちを隠さずに語り、話し合うのも良いじゃないの？　兄弟も、姉さん幸せになって、と応援するはずよ」

「有り難う。貴女の考え方は良く分かるの。大事なことだわ。だけどそんなに器用な割り切り方が私に出来るかしら。到底出来そうにないの。だから自身の心掛けを決めたの。泣き言はしない積もりです」

「勿論今は、絶対後悔しませんと言い切るでしょう。年取るにつれ、友達が結婚したり子供を育てたりするのを見て、夫もいる家庭団欒の姿を眺めて、憧れないでしょうか。悔いはないと言い切れるでしょうか。若いときの意気込みと中壮年になってからの考え方は、おのずと違うものなのよ。私も結婚し子供を育てるつもりよ。後々までもお互いの家族同士が往来し合う家庭を作ろうよ」

「それで妹達が充分に幸せになれるかしら。その点が気掛かりなの」

「大人しくて芯の強い兄弟だもの。もう少し信頼して気持ちを楽にしても良いと勧めたいの。双方が幸福になれる方法が必ずありますよ。青春を大切にして欲しいの。一度しかない人生だから悔いなく過ごしてもらいたいの。お父さんもそれを望んでいるはずよ」

「そうね。目の前の生活に気をとられ、視野が狭くなってたようね。そのため将来像を描くのに急ぎ過ぎたのかも知れないわね。いいこと聞いたわ。よく考えてみます。教えられて随分成長したみたい。いつも有り難う」


自身に関わるものは全部投げ出して、兄弟に尽くす決心だった。その代償に、ある程度を犠牲にする覚悟はあった。里子の年齢を加味して、恋愛困難、婚期後れ或いは生涯未婚を漠然と予感した。その終幕としての淋しい事態を具体的に指摘され、戸惑った。再認識したというより身が引き締まる思いがする。忠言が心地よく耳に入った。

それにしても由紀は不運や不幸に無縁な家庭に育った。それに最近は受験のための猛勉強に時間もなかったように見受けられる。由紀が女の幸せについて自分より深く思慮を重ねているのに意表をつかれた。

人生の辛酸《しんさん》を舐めてない、無二の友が説く、女の生き方のあるべき形をじっくり聞いた。そして説得力ある意見に考えさせられる。親友のために情熱を込めた、その友情溢れる語り口に、信念が独りよがりに思えてぐらつく。長い将来にわたる思い遣りに感激した。

そればかりか事件以来、彼女に難題を持ち掛け多大な世話になった恩がある。

寛子は先ほどから瞼にじわり、溜まるものを感じた。それが次第に大きく丸くなり、落ちるのを内心恐れた。またしても、泣いてはいけない、を呪文みたいに心中に唱えた。今回も精神的に頼りない印象を持たせたくなかった。泣き虫、意気地なしにとられるのを嫌った。

しかしそれとは別に本人自身の意志をさえぎり、胸の奥から競り上がる感動があった。彼女になら意地を張らないで、自分をあからさまに曝《さら》け出して良いのでないかとする安心感があった。この人の前で気負う必要はないのでないかと自尊心も捨てられた。更に、未熟な人生に拘わらず、親友由紀に出会えた有難さが加わる。もう堪えきれなかった。不覚にもついに涙を一つ零した。卓上のフリージァが潤んで見える。歯を食いしばり、泣くのをこらえた頬が震えるのが分かった。由紀が肩に両手を置いて囁いた。

「貴女は私の生涯の親友よ」

途端に両眼から涙が止めどなく流れ、すすり泣いた。由紀は肩をさすりながら心行くまで泣かせてくれた。ハンカチを出してくれた。暫くして寛子は再び、笑顔になった。心にわだかまった葛藤や解決したい疑問と悩みがだいぶほぐれた今、未だ教えて欲しいことがあった。家出を知った直後の驚きや憤りから最近は落ち着き、一喜一憂しなくなった。積極的に探す気になれなかった。今更おめおめ戻れまい。電話にしても名乗れるはずがない、の読みに変わった。そのうち何らかの接触があるだろう、と放任すらした。

そのため無言電話の例も含めて、思いの限りを告白し訊ねた。母は自分の生き方と子達の幸福、そのいずれを取るべきだったのか。同年の女性としての公平な見解を求めた。

回答は母を擁護《ようご》するものになった。そのためもやもやしたものが残り、もどかしかった。それにしても由紀の口調によどみがなかった。

「電話はお母さんだったと思います。やはり気になって仕方ないんでしょう。後悔も少しはでたのかも知れないわね。どちらをとるべきか、はその人の人生観価値観によると言わなければなりません。自分に忠実に生きるか、子どもの幸せの中に喜びを見つけるかのね。善悪と言う価値判断の言葉はこの際、使っても始まらないと思うの。その人の一生だから、個人の好む生き方をされても仕方がない。残された者の恨みつらみ、世間の批判はあるにしても、お互いにただ一回しかない此の世を考えたとき、どちらが正しいと線を引くのは難しいのじゃないの？」

はかなく辛いとされる浮き世の過ごし方は自由だとしても、人間には倫理観も必要だと考えた。動物じゃあるまいし、母にはそんな非難が現実に身内にあった。

「だけど里子は未だ小学一年なのよ。養う義務だってあると主張したいの」

「貴女が居るじゃない。頼りになる貴女が居るから家を離れられたのよ。そこを計算されたのよ、きっと。それともさっちゃんの義務教育が済むまで待てばいいの？中学校まで？　そうしたら許してくれるの？　そうしたらお母さんには何年間のブランクが出来、おまけに幾つになりますか？」

「親だって辛抱しなきゃならないときもあるのじゃないの？」

「それはそうよ。どの親も辛抱してるのよ。しかしごく一握りの人が我慢できずにいる。それが世の中であり、お母さんの例なの」

「私が居なかったらどうなったの？」

「強引な再婚とか同居とか愛人関係とかハプニングが起こったかもしれない。一方、子供たちの年令から起こる権利問題があり家出は恐らくなかったでしょう」

「その時は里子も親から離れずに済んだかもしれないね」

「形はね。しかしそれでさっちゃんが満足かどうかは、なってみないと分からないんじゃない？　それはあくまでも空想上のことです。現実的にはさっちゃんも貴女の愛情を独り占めできる今が最高に幸福だと思うわ」

寛子は母の悲しい幻影を脳裏に描いた夜のことを語った。考え過ぎかもしれないが、もう少し活気に満ちた楽しい生き方があったのにと憐れんだ。

「貴女の現在のお母さん像が正しく実態を写しているかは分からないが、どんな別れ方にしろ、幸せにいて欲しいわね。それが親子の情というものでしょうからね。しかし生き様《ざま》の上手下手は本人が納得した上で選ぶものよ。だから当人に精神的な不自由や痛み、淋しさ、後悔があっても、それは承知した上なの。だから他人の基準は当てはまらないのよ」

「大人って厄介で勝手ね」

由紀の、成熟し世慣れた女性の感覚を偲ばせる口調に圧倒され、思わず呟いた。全てに同情し慰めてもらいたい寛子にとり、母を庇う意見は必ずしも嬉しくなく、悩ましかった。ただ、感情論でなく客観的に正論を口にした彼女の気持ちは十分理解しなければならなかった。一人の女性の生き様として感情に走らないで熟考した場合、賛成したい点がないでもない。けれども他の親はどうあれ、わが親だけでも、と欲張りが出る。何はともあれ、あくまでも里子のために母も早く一時の迷いから覚めて欲しかった。


寛子は意見を交換し合って、長女に与えられた宿命を改めて感じた。亡き父の予感が当たったように考えた。兄弟のため苦労するように生まれたのだから、腹を括って前向きに生きていこう。その中に由紀の意見も参考にしながら出来る限りの努力をしよう、決意を新たにした。

それにつけても隣町の祖母からの連絡が来なくなったのが気に掛かった。未だに電話さえくれないその胸のうちを疑えば、何か知っているのではないかとも勘繰りたかった。

「母方のおばあちゃんから何も言ってこないの。連絡を取り合ってるのかしら」

「それはないでしょう。電話すれば怒られるだろうし、住所がばれるのを極端に恐れるのがその人たちの心理だと思うの。それにおばあちゃんには孫のほうが大事なことを知っているはずよ。おばあちゃんも貴女たちに会いたくて苦しんでると思うの。今はそっとしといてあげるのが孝行かも知れないね」

やがて話が一区切りすると、由紀は作業着に着替え畳を拭きだした。暫く二人の乾拭きする音が聞こえた。

その後帰った里子は由紀にくっついて離れない。由紀は都会の賑やかな光景を話し、動物園、大型遊園地などへの同伴を指切りした。すると母に会いたい切なさも新しい学校生活への不安も消し飛んだみたいに朗らかになった。

由紀はその夜、里子とおはじきやカルタ取りして遊んだ。炊事や後片付けをしながら嬉しそうな妹の笑い声を聞いた。帰郷以来、物怖じする様な目に感じた不憫さが、その夜は寛子から消えた。三人は枕を並べて寝た。翌日早朝、由紀は新しい借家の掃除をするため一足先に帰った。

由紀を見送ると父の位牌、少しの布団を除いて遺影、家財道具を新しい住所に送った。いよいよ明日が出発になる。忘れ物はないか。最終点検した。

部屋は暖かいものの、春嵐が時折吹いた。そのたびに庭の金木犀を揺らす。折角咲き出した公園の桜も散るのだろうか。花びらが強風に追われ、地面をくるくる転げ回る場景が浮かんだ。そのとき、玄関のチャイムが鳴った。

祖母からの現金書留だった。添えてある手紙を読んだ。出発を伯母に聞いたという。郵便に頼らなくても持参すれば、短い距離なのは熟知していたのにと思い遣った。それが実行できない胸のうちも察しがついた。長い思案の末に鉛筆を握った決意のほどは、それだけに味わいのある文と字体に形を作った。書くまでに到る長いためらいの跡は、手紙の内容と文字そのものに多く拝見できた。カタカナ、ひらがな、欠字、方言、標準語、それに漢字の混じる文章は、読み流すのに幾分時間が掛かった。しかし一読して、達意な文章、達筆な文字よりも心に響く嬉しさがあった。これまでの一生に数回もなかったと推測される、便箋に書き綴る仕業は、葛藤と苦闘の連続だったに違いなかった。

再読すると、孫恋しさが文脈に流れるのが良く分かった。加えて金がままにならない家庭事情と孫を引き取れない弱い立場が遠まわしに書かれる。実の娘については、済まない申し訳ない、の詫び言が述べられる。連絡もないとの報告。最も可愛い孫とも会えずに生きる老いの身の苦しさ、切なさが書かれる。晩年に見た肩身の狭い劣等感に押し潰される小柄な祖母が居た。孫達への情愛に満ちた手紙と現金と。押し戴いて父の仏前に供えた。

寛子ははっきりと状況判断の誤りに気付いた。生まれて此の方あれほど世話になりながら、その恩を忘れ、祖母を疑った迂闊さ思慮のなさに恥じ入った。表面だけ見て不信を募らせ、祖母でありながら、とあらぬ疑いをかけたのに赤面した。生きていく上の、許されない失策とはこんな例を指すのだろうか。親代理の立場の者にあるまじき、不遜な大失敗に相違ない。未だ若いからを理由に、過ちを免除される筋合いのものに絶対ない。人間性の根本に由来するものと厳しく反省した。二度と再びこのようなしくじりをしてならないと肝に銘じた。

祖母の心のうちが分かり、すっきりした気分になった。故里での終わりの夜を迎えた。姉妹二人だけのつましい夕食を済ませた。里子に添い寝してどうにか寝かせ、ぽつんと部屋に座った。

名残りは尽きないが、愛着のやまないこの家ともお別れか。室内を改めて見回した。部屋のあちこちに刻まれる、今日まで十八年間の微笑ましい思い出がある。それが父の死を境におきた疎ましい出来事のため、坂道を転げる小石の速さで一家に離散の憂き目を見せている。

築くのに長い年月掛かり、それでいて簡単に崩れる家庭の危うさ。幸せの脆さ。何もなくとも無事平穏な家庭に育つ尊さが偲ばれる。つい昨日までのさまざまな感慨に浸りながら、窓越しに落ちてくる青白い光を肩辺りに浴び続けた。

生家を離れる朝が来た。里子を促して早起きした寛子は簡単な朝食を取った。それから布団の荷造りを済ませ畳を掃いた。サッサッ。畳を滑る箒の小気味よい音がする。それは母が家族のため毎日掃除した頃の響きだった。音感を楽しむかのように力を込めた。

それから墓地に向かった。最近は町なかを歩くのがなんとなく億劫なため、浜沿

い の道に出た。吹き上げられた海砂の上を浜風が通り抜けやや肌寒い。白い砂の心地良い感触を確かめるみたいにして歩いた。墓参りできるのは早くても盆になる。それも仕事やお金の都合で実現の見込みが少ない。伯父から快い返事をもらったが、食べるのに目一杯な暮らしを思えば心は重かった。湾口の遠く向こうに低い山並みが望めた。

「さっちゃん、向こうに見える岬にはね、馬が放牧されているのよ。お父さんの船はあそこを回り帰って来たのよ」

小さな湾を隔て右に望める岬を指差した。父とその持ち船は全く覚えないと言う里子は興味ありげに眺めた。歩きながら、船が立ち寄る沿岸の港やそこからのお土産の話をすると里子は目を輝かせて聞いた。貴女もよくお父さんに抱っこされ、その船に乗ったこともあるのよ。そう伝えると一瞬、足を止めて姉を見上げた。感動的な大きな瞳に会った。その様子に、予定もなかった追憶が里子にとり、一服の清涼剤の役目を果たしたのを知った。場所は少し離れたが、船からの目印になった樫の大木の近く。出航時に母と見送り、帰港時には徐々に大きくなる船影を一緒に探した思い出がある。

松林に囲まれた墓地が近づき菩提寺が見えた。父母に連れられ、よく来た。まず墓石の周りを丁寧に清掃した。そして手桶から花束を取りだし墓前に活けた。線香をつけ、手を合わせた。今日の出発を知らせ、暫しの別れを告げた。

立ち上がり辺りを見回した。松林の間からゆったりした春の海が見える。凪《なぎ》の海の風景がそこに広がった。沖の定置網は穏やかなうねりに揺れ、硝子製の丸い浮きが朝日に鈍く光る。思い出したように浜風が松の梢を騒がす。

寛子が少女時代波しぶきを蹴散らせて走り回った渚は誰もいない。幼友達と貝殻を拾いながら歩いた波打ち際を見ていた。波は滑るように白い砂に寄せては引き返す。砂の城を作ったり砂の団子を転ばせて、はしゃいだ友と再び会えるのだろうか。あの頃は沢山の遊びに笑い騒いだ。ほんとに面白かった。

この子にもそんな体験を思いっきりさせたかったのだが、その思いに駆られ並んで立つ里子を見た。里子は遠くの海を見詰めている。父の船が今にも現れそうな長閑な海だった。

家に着くと伯父夫婦が待った。今までの心労を労った夫婦は別れの淋しさを面に出し、励ます言葉も湿りがちになる。寛子も悲しさに込みあげるものがある。それでも涙は封印したままに出来た。

最後に父の位牌をバッグに入れた。玄関の古い雨戸を閉め終わるとき、哀しみに胸がふさいだ。楽しかった家族の過去を置き去りにする心残りがある。売却されるかもしれないと思えば、更に哀れになり心細さが身に沁みた。けれども里子に明るく声をかけ、生家を後にした。

バス停に親戚、近所の人たちが大勢見送りに集まった。寛子は激励したり再会を確約したりする人の間を頭を下げて回った。里子の幼い級友達も先生に連れられ神妙に並ぶ。近所の腕白もいる。集まる人たちに淋しそうな目顔で頷く里子を見ると、心が痛んだ。

ままごとやお手玉して遊んだ仲良しに振りまく笑顔も弱々しい。突然の転校に機嫌が悪いのは分かった。用事が一向に終わらない母への苛立ち、ごっこ遊びが出来なくなる不満がすねた顔になるのだろうか。嘘を吐いた身にすれば、取り成しの仕様もない。母不在は平等にしても、父に抱かれた記憶もない末っ子が余りにも不公平でいじらしい。出発を知らせるクラクションに、みんなに一礼すると里子の手を握りステップを上がった。

　バスは見慣れた家々の間を走る。「さっちゃん、故里も今日が最後よ。よく見ておこうね」。この家、あの曲がり角、看板の角張った文字も見飽きない。寛子も目に焼きつかせる。やがて卒業した小学校が見えた。二階建ての木造校舎と校庭に聳え立つ大銀杏。級友や先生の面影がちらつく。怒ったり笑ったりしている。銀杏の黄色い葉を押し花にしたり、夏は木陰でおはじきしたりして遊んだ。

　町並みを過ぎるとバスはあえぎながら坂道を登った。右下に湖みたいな小さな湾が現れ、町並みが次第に遠ざかる。小さな肩を抱いて囁いた。もう機嫌は直っていた。

「さっちゃん、みんなが見送りに来てくれ良かったわね。姉ちゃんも嬉しかったわ。落ち着いたら手紙を出そうね」

　予想よりも、大勢に見送られよかった。町内の人たちの、母の家出に触れない厚意、温かい眼差しが何にも増して有り難かった。町内に知れ渡った噂なのに、ひたすら励まして再会を力強く求めてくれた。何よりも石で追われるみたいな惨めな別れにならずに済んだのが嬉しかった。これで柴田家と兄弟の面目がある程度立ったのでないか。これで安心して墓参りに帰れる。胸のうちを駆けめぐるような喜びに浸った。

バスに揺られながら感慨にふけった。すると母へのわだかまりも少なくなり、ゆとりみたいなものが全身にふつふつと湧き出るのを覚えた。親代わりの大役の一部をまず務め上げた実感があった。寛子は妹と弟を送り出した夜の、星空に浮かんだ、くちなし色の月を想い出した。

見知らぬ遠い宇宙の果てから這い上がりながら、苦しみのかけらさえ見せない親しみのある月だった。暗い夜空を一人旅する毅然とした雄姿は、深い憂愁に襲われた者に勇気と希望を持たせたからだった。孤独を感じたら、自信が挫けそうになったら、あの夜の月を思い出そう。そして里子と逞しく生きよう。挫折から完全回復した寛子の決意になった。

ポケットの財布をそっと抑えた。給料日までぎりぎりの金がある。これだけあれば大丈夫。なんとかなる。お父さんが守ってくれる。恐れるものはなかった。ふと見上げると、細い月が中天にあった。見送ってくれている。そう信じた。寛子は心のなかで叫んだ。お月様有り難う。

（完）

夏の影

1

鹿児島市から東南約七十キロの松浦には平家伝説の場所がある。だが町民でもそこを訪れた人はすくない。昭和初期頃まで、木の根を掴み幹《みき》を抱くみたいにして辿り着いた。

その落人部落は三方を重なり合った山々に囲まれ、唯一つ海が望める場所から、遥か真下に太平洋の荒波が岩を噛《か》む。そして集落には今も、遠い昔を偲ばせる、ゆかりの風習や行事が一部ひっそり伝えられ、優美典雅《てんが》な藤原文化の名残《なごり》を留める。

源氏の執拗で峻烈な追討から一族をかくまいおおせたのは、町固有の、山また山の地形だったに違いない。肥後の五箇荘や日向の椎葉村の例に見られるように、落人たちは以前の名を捨て刀を捨てた。それからは手作りの道具で不慣れな農作業に従事したと推量される。風の音や鳥たちの騒ぎにも怯《おび》えながら、かまどの火を燃やしたと想像される。松浦の奥に広がる森や谷は零落《れいらく》した平家武将の袖《そで》が涙に濡れるのを見たのかもしれない。

柿沼光治が生まれたのは昭和八年五月、松浦で薪炭や米穀を商う父母の間に長男として育った。幼少の頃から少年時代にかけて、昔話が多く語られる。その中に、父が祖父に背負われてその山深い集落から移り住んだ過去を幾度も聞かされた。代々語り継がれる、家系にまつわる優雅な生活と落ち延びてからの茅葺《かやぶ》きの家、狭い畑作りの苦労話など平家一族の繁栄と滅亡の物語。感受性に富む少年光治は耳をそばだてて聞いた。

それにしても父が息子の興味をかきたてる系図物語を、発奮や躾《しつけ》の好材料に利用するのは考え付かなかった。そのため、他人と争うな、将来は学問を究《きわ》めて身を立てなさい、その他に父が必ず結びつける、勉強することの大切さはそれでも面白く幾度もせがんだ。

両親が口癖にする、頑張れ、他人に優しい人間になれ、先祖の苦難の歴史を忘れるなは光治の耳にもそれなりに入った。しかし格別な意識は育たず変化は起きなかった。そのため幼児から小学校までビー玉、めんこ打ち、泳ぎ、目白捕りなど遊んでばかりいた。だが六年の時、人生の方向を決定するような悲しい死に出会った。

戦時中の事故だった。家族は空襲を恐れて農家に疎開した。五人兄弟の子どもたちはのびのびと庭先や林の中に遊んだ。町に育った子らにすれば、自然の中の遊びは珍しく未体験のものが多い。いつもは農家の子どもに連れられ、落ちた果実でも教えられて食べた。その日は空腹気味の兄弟だけ林に入った。

その時末妹の雅代《まさよ》が落ちた桃らしいものを食べ病気になったのが発端である。駐留部隊の軍医に疫痢《えきり》と診断され、絶食しか治療法がないと告げられた。三度の食事が少量の粥《かゆ》だけになる。医薬品の少ない時代だった。両親は愚直《ぐちょく》にそれを信じた。見舞客にもその旨伝え、みなは絶食の注意を守らなければならなかった。

治療入院するにも、敗戦間近の緊迫の戦時中。民間医院もなかったと推測される時代。農家の薄暗い一室が隔離療養病室になった。

次第に体力の落ちた妹は寝るばかりの毎日が続いた。栄養失調状態は誰が見ても明らかだった。あまりの空腹に時折御飯をせびるもののはっきりしたことを言わない大人たちに我慢を強《し》いられる日々だった。

病気になって以来、腕白な兄や姉たちがはしゃぎ回り騒ぐ声を聞きながら布団の中から眼だけを動かした。しかし終戦を境に町中の実家に帰った。

明けると小学校の予定になった雅代は奥まった部屋に寝かされた。露地から来年一緒に入学する仲良しの賑やかな遊ぶ声が聞こえる。毎日のようにご飯をねだったが少量の薄い重湯《おもゆ》だけしかもらえない。

遂に、まだ学齢に達しない雅代が、私が死んだら川に捨ててくださいと投げやりになる場面もあった。恐らく死を覚悟したのだろうか。それでも貰えなかった。障子を開けると涼しい浜風が入るのだが、夏が過ぎると閉め切りにされた。十月初めの少し暑い日だった。

何時もは看病兼見張り役の母が枕元に座った。妹が欲しがる食べ物を言葉巧みに、なだめるのに成功した。しかし最近の雅代は、もうそんな聞き飽《あ》きた科白《せりふ》は聞きたくなさそうな、けうとい眼差しを母に向ける時があった。二ヶ月以上も続く絶食状態に子供心に大人の薄情、嘘を見抜いたのかもしれない。

その日、露地で遊んでいた光治は急用の出来た母に呼ばれた。妹の看病と食べ物をやらないよう念を押された。油断すると、寝床からごそごそ這《は》い出し、飯櫃《めしびつ》から手づかみに御飯を食べるからだった。

寝入ったような妹にうちわの風を送り続けた。かねて不憫に思っていただけに、誰にも咎められずに食べ物を与えられる絶好の機会だった。けれども両親の注意を知るだけにやはり実行できない。

周囲に誰も居ないのを見透《す》かした雅代が、自分と最も仲の良い兄を見込んでやせ細った右手を差し出し頼んだ。

「あんやん、こしこでよかで、めすくいやい、どおかたのんもんで（兄さん、これくらいでよいから御飯をください。ぜひ頼みます）」

小さい拳はお握りの形をしている。

お握りを作ってやりたい心と父母のかねての注意を守ろうとする心が争う。だが結局、踏み切れなかった。まやかしの言葉を使った。嘘だと自分でも承知しながらの、やりきれない思いの無責任な言い逃れだった。

「元気になれば、どっさいくわすっで。そいずい気張らんか」

「どうかたのんもんで」

二度も三度も必死な言葉と真顔で訴えられた。最後は拝《おが》まれた。それでもその都度いい加減なでたらめを並べて与えなかった。

最後に妹は恨めしそうに目を向けた。大好きな兄さんなのに、一生の願いなのに。

何故聞き届けてくれないの。いくつにも取れる物悲しい表情になり手を夏布団にひっそり入れた。十二歳の光治は漸く諦めてくれたと勘違いした。雅代はその翌日亡くなった。

光治は衝撃を受けた。それでも医者と母の指示を守ったのだからと言い訳も出来た。飯を与えなかった反省はなく、亡くなり可哀想、の思いが強かった。

昭和二十年八月の敗戦から僅か二ヶ月、価値観の激変を伴った、社会の混沌《こんとん》は始まったばかり。多感な少年時代が待っていた。

翌年四月、両親の期待を受け中学校に入学する。その学校は町外にあるため、下宿する必要がありその分経済的負担がかかった。だが当人は父が入学に際して使った、進取の気性を持て、には程遠い気弱な少年だった。

十三才内気な少年。家族との別居は学問に励もうとする気持ちより望郷心が先に立つ。食料不足のため薄い雑炊《ぞうすい》、ふかし芋の少量が順繰りに出される毎日の、満腹しない食事も影響した。

そのため境遇の似た、少年たちとともに同郷先輩の寄宿で貰う蜂蜜は最高の贅沢《ぜいたく》になった。瓶からこぼれる僅かな蜂蜜をふかし芋に塗りつける時は胸が高鳴った。

隣家に下宿する浦部邦夫もその中の一人、小学校からの仲良しである。二人は勉強に身が入らず、用もないのに窓からお互いの部屋を覗いて雑談したりする。そして誘い合い夏場は水泳、ぶらぶら遊びや映画と、気分に合わせその日その日が暮れる。

直接話をしなくても互いの心の内を知り、居るだけで慰められる間柄だった。ところが邦夫が急に退学、帰郷することになったのは二年に進級して間もない五月の初めだった。

邦夫の家は父が病気になり、定置網の経営を続けられるか、どうかの瀬戸際に立たされた。そのため母から、帰って来てくれ、の泣くような手紙が長男の彼にあった。独りぼっちになり、淋しくなる光治は、学校を辞めて帰りたいと母にわがままを書いた。それが許されるはずもなかった。

邦夫が帰る日、光治は布団や座り机、教科書などを積んだリヤカーを引いて連絡船の出る港に向かった。心地よい初夏の太陽と浜風を受けながら邦夫も黙々と押す。心細さと口惜しさをにじませる少年二人に言葉はなかった。出港時間になると二人とも黙ったまま、何も言えずに別れた。気弱な光治にまた一つ、淋しさが増える。

その後は気を取り直して勉強するようになり、学校でもしぜんと友人が出来た。その頃から亡くなった末妹の、死の前日の光景が頻繁に蘇《よみがえ》るようになった。年少ながらも治療法に疑問が出始める。父が語りこんだ、勉学の必要が漸く分かりかける。病人を救える人間になりたい。医学部への淡い夢が芽生えた。

死ぬのであれば食べさせるべきだった。食べさせて同じ結果になるとしても、病人の願いを叶えるほうが、人道的な処置になると言えるじゃないか。両親にも、あまり欲しがるため仕方なくやった、と正直に説明すれば許してくれたのじゃないか。そのためこっそり頼む最後の必死な願いを断《ことわ》った、非情な自分への呵責《かしゃく》はその後次第に燃え上がった。

高校に進んでから妹の病死は光治の中心を占め続ける。授業の最中、体育時間のときにもふと脳裏を過ぎった。思い出す数々の追憶は可愛くときに痛ましく、医者になる決意を更に固める原因になった。

だが二年三学期までは通知表に期待した成績が現れず、自分ながら落胆した。目標がしぼみかけ悩んだ時もある。三年になってもトップクラスに入れない。

一方の邦夫は僅か十四才にして家業の定置網を継いだ。父は時折、入院をくり返した。朝は四時すぎに起き、あみを引く漁場の仕事は、肌を浅黒く鍛《きた》え筋肉質の青年に成長させた。傾きかけた家運に明るい兆しが見え始める。青年団活動も積極的に参加すると聞いた。

光治は受験に失敗し、自宅に帰り浪人生活を始めた。早速やって来た邦夫が激励する。両親から、成功した彼の努力と結果を知るだけに一層の励みになった。気が散るのを防ぐため、机を壁に押し付け、母が置いた花瓶も取り除いた。生まれつきののんびり男が真剣になったな、と父が評価するほどだった。

医学部合格のための学力をつけようと必死だった。雅代の死を無駄にするまいとの決意は更に強固になる。世間の雑事に拘《かか》わらないようにした。

その矢先、夏休み帰省中の富山節子が家に出入りするのに気付いた。鹿児島市の女子高に遊学中と聞いた高校三年生。富山鮮魚店の娘である。

父同士が友人のため、家ぐるみの行き来があり、いただき物を交換する間柄にあった。

これまでも富山鮮魚店から時折魚が届く。何時もは彼女の母が持ってくるのだが近頃は毎日節子が持ってくる。そのため光治は台所で話す母と彼女の会話が聞こえるため不思議に思った。

暫くすると一旦家に帰り、浴衣の生地を持ってくるようになった。母に聞くと縫い方を教えているという。自分の親に教わればいいのにと首を傾げたが何も言わなかった。勉強部屋に話し声が聞え、物音がする。少しぐらいの生活音は避けられないと割り切らざるをえなかった。

奥の間で勉強するが疲れるといつも湯茶や菓子類を取った。数日後、客間を通り過ぎようとして挨拶された。

顔見知りのため立ったまま話したが、白いスカートから伸びる畳の上の白い膝小僧がどうしても目に入る。どぎまぎした。平静を装《よそお》い、夏休みの宿題だろうくらいにとり簡単に挨拶して部屋に戻った。辞典や参考書が待っていた。その後も朝の魚を届けた後は、割烹着をはずして出直してくる。幾日か過ぎたころ、母に代わって光治の部屋にお茶を運んだ。

この時点でなんらかの計画的な作為《さくい》が汲《く》み取れた。しかし追い帰すわけにも行かない。二人きりの語らいは今までなかったために互いにぎこちない。ひと言二言対話しても直ぐに途切れる。

扇風機が勢い良く回り、参考書がめくれる。何を話してよいか分からない。また も茶を飲んだ。女子高生も会話の糸口に困った風情に室内を見回してばかりいる。

光治は計画の狂いが気にかかり下宿にかえる日を訊ねたりして時間を潰した。話もしたいのだが、受験ばかりが頭にある。早く切り上げたかった。漸く節子が誘った近くの赤木海岸に行くと約束してその場は終わった。

逢引どころじゃない。約束した反省があった。けれども毎日魚を貰ったりするのも考え仕方ない、短い時間ならよいだろう。帰ったあとそのように自身に言い聞かせ、その夜は何時もの計画より遅くまで頑張った。


翌日朝早く起きて、計画の勉強を済ませ、昼前に家を出た。満潮時に胸まで来る川も今は膝辺りにズボンをたくし上げると簡単に渡れる。真上の太陽は暑いが久しぶりの外出に心は意外に軽く川面を渡る風も涼しい。向こう側につき、黄色に熟れ始めた稲穂や甘藷の葉の盛んな茂りに驚きながら堤防を歩いた。

丁度良い加減な川の冷たさと目に入る田や畑の風景が疲れた神経を休めてくれる。

端山を少し進み、海岸に下りた。築港より少し離れているため、その海岸は網干し、網修理に漁師が来るだけで普段は人影がない。魚揚場、漁協事務所の直ぐ先にありながら静けさが保たれていた。

光治は痛いほど熱い砂の上を時折裸足になりながら、歩いた。広々とした海を目の前に、受験の緊張から一時はなれる開放感が身内をかける。ザクッ、ザクッ、砂に食い込む下駄の音がする。心地よい感触が上がる。太平洋から山一つ隔てられた内海の松浦湾。今日も波穏やかにしてかもめが舞う。

歩きながら今はそれぞれに進学、就職して都会に住む友人たちを懐かしんだ。受験に失敗して数か月が過ぎ、かつての級友から便りがある。

生き生きと大学生活を語るもの、職場の雰囲気になれたよと喜ぶ文。また、同じ境遇にある浪人生からの簡単な葉書。光治も簡単な方の片隅に居た。

来年は必ず、羨ましい友人たちと対等に語るにはそれしかない。恋、愛と言う字は海岸になく、遠く青空のかなたに大学の門がかすんで見える。

節子は橋を渡ると部落を縫《ぬ》って走る小道を選んだ。道端の民家に燈黄色のノウゼンカズラが乱れ咲く。そのまま真っ直ぐ山道に入った。暫く進めば、左は海岸への下り道、右はなだらかに登る雑木林。光線が樹の間をくぐり届く山道にいわなんてんの白い花が下がり、山紫陽花が薄紫の花をつける。幾つかの花をちぎり手にもった。分校に続く山道にひときわ、かしましく蝉時雨が降り注ぐ。やがて左下に狭い砂浜が現れ、光治は来ていた。

そこは頭上の大木が木陰を作り、少し離れた所に山からの清水が薄く流れる。大きな岩にシライソガニや船虫が走り回り、黒色の巻貝が上下する波に身体を揺らす。波がひくまにアサリが素早く身を隠す格好も可笑しい。

二人は学校や受験などを話し合った。節子は就職が気になるけれど青春を有意義に生きたいと希望を洩《も》らす。光治は大学入試以外何も考えられなかった。此処に来たのも短い休養にほかならない。それ以上は何もない。女子高生の気持ちを忖度《そんたく》する余裕はなかった。

野生馬の岬に連なる湾向こうの山並みに入道雲が湧き、さまざまに形を変える。目の前の海面を不意に魚が飛んだ。また飛んだ。魚と眼が合ったみたいな気がした。

その目は潤んでいるように見えた。

節子は心持ち首を傾げながら優しく問いかける。そして朗らかに答える。遠足気分になり嬉しかったが、時折頭の中で英単語を復習した。

暫くして節子は、作ったのよ、と言いながらバスケットのサンドイッチを紙の皿に並べた。お茶もある。まるでままごとみたいな気がした。

弁当も用意され、お茶を注がれるとなんだか恋人みたいな気分になる。加えて、夏物の薄着の身体に、少し冷たい感じの普段の顔に可愛い媚《こび》さえある。次第に息苦しくなり波打ち際に行き、勢いよく顔を洗った。しぶきが飛びすっきりした。

涼風、かもめ、沖行く白い船。木陰は二つの夢を持ったことになる。一人は英気を養う浜辺。一人は恋を知らせるに相応しい木陰だった。

二時間後、光治の制限時間になった。二人の会話は弾んだけれど別々な思いを持ち砂浜を出た。蝉時雨に聞き入りながらうす薄暗い山路を辿《たど》ると時たま里人とすれ違う。

そのような機会が再度の申し入れもあり、夏休みの間に二回あった。離郷を明日に控えた日、節子は勉強部屋を訪れ、決まり悪そうに御願いした。

「手紙を書いてよいでしょうか」

扇風機が回りお下げが揺れる。はいと言えば恋愛を抑えたこれまでの決心が崩れるのを恐れた。此処が大事、心を鬼にして断固断りたかった。無言の時が過ぎる。早く独りになり勉強に集中したかった。

けれども親戚付き合いのある家庭の女学生を無下《むげ》に断りきれない。根負けし承諾すると彼女は喜んで帰った。

一週間後鹿児島から、たじろぐほどの愛を告白する手紙が届いた。花柄模様の便箋にかかれた女文字。それは味気ない浪人生活に甘く囁きかけ、堅い決心を揺り動かしそうになる。けれども簡単に返事した。

「今は受験に必死です。他のことは考えられません。貴方も就職のため頑張ってください」

別れのつもりにした。でも節子からは冷たい返事に対する悲しみの手紙が来て、その後も熱烈な愛の文字が繰り返し寄せられる。

そのため、端山のあけびが熟れる頃になると、恋し始めていた。努めて冷静に読んだはずの恋文でも、その中に彼女が引用した詩人や歌人たちの作品が情熱的に訴える。そして教科書や参考書にしがみつく、頑《かたく》なな感情を揺さぶる。折り返し認《したた》めるようになった。

恋愛にのめりこむ速さに戸惑いがなかった訳ではない。初めての体験に決意が次第に鈍った。それでも目標さえ見失わなければ両立できる。確証のないゆとりがあった。

母たちの会話に正月準備の話が混じる頃は、あと二週間もすれば彼女が帰る、子供みたいに指を折った。しかし今まで間を置かずに届いた手紙が今回は来ない。病気だろうかの懸念も湧《わ》き改めて送った。それも返事がない。少し焦ったが正月には戻るからの楽観がまだ残った。

正月が来ても机から離れられない。そのうち会いにくるだろうと自分を慰めた。年始の挨拶に来た邦夫も受験生に遠慮して早々に引き上げる。まだたくさんの参考書が残っている。受験雑誌、傾向と対策、もう友人への手紙も長く書かない。

しかし彼女は顔を見せない。帰省した様子はそれとなく分かったし、避けている気配さえある。原因不明の一方的な別れに怒りも芽生える。けれども、雅代のためにも、の人生目標が辛うじて踏ん張らせた。

末妹の、握り飯を意味する懸命な指先の仕草が、外しそうになった道に戻してくれた。受験対策は予定表通りにすみ、最後は体調の維持に気を配る余裕もあった。

努力の甲斐あって念願の医学部に合格した。両親もことのほかの喜びになった。簡単な祝いがすむと直ぐ鹿児島に向かった。

下宿に落ち着き、荷物の整理を終える。机の前に座り本を開いたものの、どうしても節子の行方が気にかかる。数日たっても胸のわだかまりが晴れない。

春たけなわを過ぎた日、行ってみようと決心した。手紙の住所を頼りにやっと川堤防そばの下宿を訪ね当てた。玄関に応対した老齢の主人は妻と顔を見交わしながら語った。

「富山さんは大人しい、いい人でした。春休みは帰らずに、ここから就職先に行かれましたよ。はい、手紙を書きますといわれましたがまだ来ません。来るのを楽しみにしているんです。いいえ、住所も会社名もわかりません。はい、友人の少ない人でしたからね。いえ、誰に訊ねようもありません」

光治は人の良さそうな主人の話を聞きながら、片方で節子の変心に思いをはせた。仕組まれたみたいな再会と激しい告白と無言の別れ。どう考えても短期間に起きた、正反対の突飛な行動が理解できない。

春休みに帰らず真っ直ぐ就職先に向かったのは、自分と会いたくなかったのだろうか。真面目な女学生と信じるだけに別な男性が出来たとも考えにくい。

それとも意地悪な解釈になるが、青春の心のむくままに、恋を仕掛け、男性の心をもてあそんだ。結果に満足した。最初は難物に見えたものの、そのご簡単になびいた月並みな男に幻滅し身を隠したのだろうか。裏切られた、騙されたのだと漸く悟った。

光治は篤《あつ》く礼を述べ、そこを出た。あふれる達成感に満足しながらも、失恋の痛みを引きずる学生は重い足取りに堤防を歩いた。

市街地を流れる甲突川に、肥後の石工が作った五つの石橋が美しいアーチを見せる。光治は刻まれる橋の名を読みながら川沿いの柳や葉桜の下を選び歩いた。

なにが起きたのか。あれほど求愛したのに突然に姿を消したのは何故なのだろうか。幾つかの想像はしても皆目分からなかった。将来の不安な浪人生より、大学生や身分の安定した会社員に魅力があるのは当然だ。そのような僻《ひが》み根性も出始める。五連アーチ最後の橋近くの川面に青い空が映っていた。その珍しい風景や川魚を追い騒ぐ子供たちを眺めたりした。暫くベンチに過ごした。

その日から長い間、白い顔の幻影に悩んだ。捨てられた後味の悪さはあったが、去った人を追っても仕方がないと無理に割り切った。青春時代の口惜しさはいずれ時間が薄めてくれるだろう。そんな気休めも生まれ早く立ち直りたかった。

2

三ヵ月後、家庭教師を始めた。生徒は市内の高校三年生男子。週二回、夕食つきのアルバイトは条件がよかった。

それは今まで考えもしなかったが、家からの送金に不安をもつようになったためだった。父は年に数回商売関係の会議のため鹿児島に出てくる。その時の雑談によると、石油ストーブ、電気コタツなどの暖房具が一般化する。将来的に薪炭は激減するのじゃないかの噂話が出るらしかった。大資本なら別にして中小零細企業の田舎の商店に器具を多く取り揃える資力はない。

米もパン、スパゲッティはじめ生活欧風化のため売れ行きが減る傾向にあると言う。弟妹たちの学資が別にいる。それらを予測する時、合計六年間の学生生活は経済的に成り立たなくなる恐れがあった。それに対処するにはある程度の自活の必要を思った。

その頃お世話になった下宿屋は市内北西部の地、冬は少し寒いが閑静な所だった。電停に遠いが、その分騒音から離れ、勉強に適した。主人夫婦は人柄がよく黒土の畑、藪椿、梅の古木が散在する。

人懐っこい住民にすっかり生活を堪能した。一年も経つと、一人前の筋肉質の若者に成長した。大学の部活動は剣道部に所属した。少しずつ腕を磨き県外の大学との対抗試合に参加する。一般課程の授業より部活動が面白くバイトも忙しかった。

その後、息子の生活状況を知った母親から、侍の末裔《まつえい》だから血が騒ぐのだろう、とお父さんは奨励するけれど、私は怪我が心配でなりません、仕送りできますので家庭教師の必要はありませんと長い手紙が来た。

翌年、アルバイトした高校生も無事合格する。それに専門課程に入ったためバイトを辞め、学術書に囲まれる日が繰り返される。訪れた両親も息子の努力振りと環境が気に入ったみたいだった。主人夫婦に感謝しつつ帰った。梅が咲けばうぐいすがさえずり、夏になればホトトギスが鳴き渡る風流な下宿と言えた。

時に空き地で木刀を振るう光治は、ほかのことより両親の家計上の心労を思い遣る日が多くなった。東京の私立大に入った弟、大学を目指す長女。高価な専門書類。子達三人の学資が相当な金額になる、との認識があった。長男として実家の経済的負担減らしが念頭から離れなかった。

そのため専門課程に入り暫くして、再び家庭教師になった。教授から市内に病院を経営する峰元恵子の父を紹介されたのが縁になった。塾に行かず、独学で医学部に入った勉強方法が評価されたみたいだった。

是非うちの娘と息子も、と夫妻から話し込まれた。現役大学生に終日教えられるほうが学力向上につながるとの説明だった。その厚意に甘えて住み込みとなった。

下宿代が浮かせる、それは単純な計算だった。

家庭教師をしなくても、母はしきりに止めた。大学の授業についていけなくなれば留年の心配、卒業試験と国家試験に失敗したらの恐れが、例を引いて書き綴られる。お人よし、のんびりした性格が気にかかるのは至極当たり前に思えた。

それには普段の勉強と二つの試験に一発合格の努力を約束した。あわせて大学にも便利だし、教えに行く手間もかからないのを説明しやっと了解してもらった。

高校一年の頃恵子は東京の女子大にすすみたかった。しかし光治を家庭教師に迎えた二年になると志望を地元の大学に変えた。両親は決意が固いのを知ると許した。

恵子にすれば教えられるうちに、教え方に上手さがあり、何よりも包容力のある人間性に魅了されたからだった。


光治は其の辺の裏事情知るよしもなく、根性のある娘、の印象しかない。教えるときは厳しく、が持論のため遠慮しなかった。しかしなかなか音《ね》を上げない。叱られながらも頑張るため教え甲斐のある娘と思い始めた。

文化歴史関係に強く理数系に弱い面があるものの見所のある生徒だった。

朝夕の食事は家族揃っての食卓になる。後片付けも母を手伝い、礼儀作法や挨拶も両親からしっかり教え込まれた模様にみえた。

光治にすれば高校生には今習う教科書の少し先を予習すればすむため、それほど負担にならない。小学生は殆ど予習もしない。医学書の勉強に支障のない点が良かった。

自分と彼女の受験勉強の進み具合、居心地、バイト代も満点の暮らしと言えた。その頃になると両親の営む家業収入がめっきり減ったのは各種報道にもあったし、心置きなく学生生活が送れる日々に感謝したりした。

勉強以外になると恵子と口論する時もあった。シャツや靴など身の回りの品を買いに出る暇がないと無精《ぶしょう》をさらけ出した時は意見が違った。すりきれ、穴のあいたシャツや靴下でも洗濯されていれば平気だったし、どた靴でもなんら構わなかった。最後は言い負かされ従ったが、その例が習慣になった。ただ何一つ両親に告げ口しない様子は見上げたものだった。ある程度月日が経ったとき、口の堅い娘だととった。

勉強部屋兼寝室の居間は八畳ほどあり家族と同じ二階にある。大学の勉強に差し支えないようにと配慮されたところだった。入室自由の建前《たてまえ》になっても院長夫妻は滅多に顔を見せない。恵子と小学五年の次男の弘道は用事のあるときだけと決められていた。

繁華街は相変わらず人出が多い。鹿児島に来た当初、友人とそぞろ歩きする程度で買い物しなかった。今日は無理に連れてこられた。それも時節に合ったシャツ類がなく一年を通したものを毎日着回すからだった。少し暑いか寒いかぐらいで別に差し障りはなかったが、外見が悪いと指摘されると従うよりほかなかった。恵子のあとから洋品店に入った。幾種類かのシャツをあれこれ探している。

暫くたって、ためしに着せられ紙袋を持たされた。身に付ける物に興味がなく、毎日ラフな格好に過ごすのが好きでも新しいものは良かった。次は自分の品を探すみたいだ。

「今日は私の言うことを聞く約束でしょ？　美味しいお店もありますから」

今日は一緒に行きますとの言質を根拠にされたら断りきれない。女の子と買い物するのも初めてだし、扱い方が分からない。ついつい何でも許してしまうのは褒められない。自覚はあるのだが、それが時に触れて思い出す、末妹への反省や教訓、自戒からそうなるのはどうしようもない真実に違いなかった。

妹のたっての願いは、母の指示よりも優先すべきじゃなかったか。それなのにおざなりに言い含めて騙した。それが死につながった。可哀想なことをした。妹を誤魔化した出任《でまか》せの記憶が未だに生々しい。

とりわけ同じ年頃の、どこか似ている恵子をみれば、ついいじらしさや甘さが出る。そのため直ぐ任せてしまうのは、性格的に避けられないものだった。

卒業試験が迫り、忙しかったが、親友の結婚式のため久しぶりに帰省した。ところが節子の近況を遠まわしに尋ねた光治は耳を疑った。邦夫が額をくっつけるみたいにして言い出したからだった。

「何年か前、隣県出身の会社員と結婚し男の子が一人居るらしい。そしてね、事実かどうかは不明だが」いうなり更に声を低めた。

「精神病院に入ってるみたいだ」

「本当か？　あそこの家系にないし、あんなに前向きな人が」

「そういえばそうだが。どうも真実らしいんだよね。勿論噂だよ」

光治にも精神病にかかった原因は見当たらない。突然の異変かもしれないし、勤務先の会社で精神に異常をきたすような事件が起こったのかも、の憶測しか出来ない。

恋愛に積極的だった彼女の結婚に打撃はない。けれども心を病んだと聞く噂は辛かった。男の子の多幸を祈らずに居られなかった。

木陰に遊んだ時、青春を語った明るい彼女、愛の喜びと不安を教えた節子。それに髪を振り乱した姿が重なる。実習の時訪れた松林の中、岡の中腹。町の真ん中。どこに入院するのか不明でも、いくつもの扉を通り厳重な鉄格子に囲まれる女患者の部屋を思い浮かべた。

その夜、独身最後の夜だから、そう強調して引き留める邦夫と飲んだ。その時彼女との文通を語った。気にするな。誰だってあるさ。親友は笑って問題にしない。

翌日の結婚式に出席した。海岸近くにあるその料亭は部屋の廊下から湾内が一八〇度に見渡せる。松林を通り抜ける風が涼しく、時折梢を揺らす音がした。

見ないように心がけても眼はつい赤木海岸に向く。昨日のような、あの短い休養をとった場所が今は心に暗い影を落とす。彼女を見舞った信じたくない運命は、あの日にすでに定まっていたのだろうか。

何時の間にか海を眺めるのは独りになっていた。呼ばれて座に着くと披露宴の華やいだ雰囲気が気を引き立ててくれる。

その日の夕方鹿児島の桟橋に恵子が待っていた。恵子は歩き出すと矢継ぎ早に故郷の様子を知りたがった。

「お父さんお母さんは元気だったでしょう？　久し振りの松浦いかがでしたか。結婚式はどうでした？」

「有難う。元気だったよ。奥さんは町内の人だった。短大を出た明るい人だったよ。独身最後の夜だからと言い酒を飲んだ。式は海のそばの料亭でね。邦夫たちと一緒に騒いだ海は相変わらず綺麗だったよ」

「出席できてよかったですね。邦夫さんも大層喜ばれたでしょう」

中学時代の、互いに辛かった別れも交えて話した。それ以外のことは余計な心配させると思い略した。

家に着き、院長夫妻に軽く挨拶し土産物を渡した。自室のベッドに横たわるとほのかに菊が香る。二時間ほど眠ったらしく外はもう闇に包まれる。酔いも疲れも取れていた。

夜は卒業試験とそれに続く医師国家試験準備に没頭する。そのため身が細るほどの緊張と総仕上げの時間が続いた。

バイト教師の役目も疎《おろそ》かになりがちになるが、恵子はそれらを理解して時折しか近付かない。有り難いやら、すまないやらの気持ちは、院長夫人があっさり許してくれたため一気に氷解した。

光治は雑念を取り去るため、再びきつく自分に言い聞かせる目的で便箋に書いて封印した。

（節子の結婚により彼女とのすべては終わった。これから自分の道を進む）

正月も帰らず部屋にこもり、卒業試験に続いて医師国家試験に合格した。目標にたどり着いたのを確信した。真っ先に妹雅代の白い顔が浮かんだ。あの子のために努力したのだ。命を救う医者になるのだと達成感に浸った。

これまでの両親の難儀を偲《しの》び院長夫妻の厚意に深謝した。

後は生き方さえ間違えなければよい。自足感があった。自信がみなぎる。恵子も無事大学生になり、ほっと一息ついた格好になった。

けれどもこんどは自身の住まいを探す必要があった。家庭教師の役目が終われば、院長宅を出るのは当たり前と考えるからだった。

恵子に話したところ、遠慮なさる必要はありません、父母も同じ考えです、と留まるよう強く勧める。

ちょうどその時、父の会議出席に従い母が病院を訪れた。光治は友人たちとのコンパのため不在にして夜遅く帰った。

恵子によると、院長夫妻から、良かったら部屋は今後も自由にお使いくださいと母に伝えられたとのことだった。お母さんは有難うございますと返事された由。

恵子と話してからも転居の件は何も伝えず数日過ぎた。母には電話しなかった。結論が出せない。

少なくとも二年間は市内の医局生活になる。医師免許が取れたし、バイトすれば仕送りなくても何とかしのげる。自立を模索《もさく》した。部屋は見つけても料理作りは時間もないだろうし億劫である。家族同様に居心地のよい此処を考えると立ち退《の》きは面倒でもある。

　恵子がやきもきしている様子は分かった。普段の会話や連絡はするものの、その一件について催促はしない。

　それに舞い込む親戚からの見合い話。わずらわしくなった光治は、決めるまでもう少し居させてくれ、と恵子に頼んだ。

　結論出すのに長くかかるのが自分の欠点であるとかねがね自覚は持った。それでも父から、お祝いするから帰れ、の葉書が届きとりあえず帰ることにした。

　翌日桟橋に恵子が見送った。正面の桜島が折からの黄砂にぼやけて見え、待合室には乗船客が集まり故里訛りが混じる。

　出港時間が迫るにつれ、言葉すくなになった恵子を誘いたかった。行くかと問えば喜んで、そのままついてくるだろうに。住まいの件でも不安を持たせている今、二人して海辺を散歩したり綺麗な貝殻探しすればどれだけ喜ぶだろうか、考えないじゃなかった。

それに誘われるまで、ねだるでもなく不満の様子もさらさら見せず待つ、我慢強い性格も知った。こんなに尽くし続ける恵子に対してさえ、もう少し見極《きわ》めようとする自身に憤《いきどお》りがないでもなかった。

それには、これから恋愛は一度しかするまい、深く考えもせずにずるずると入り込んだ過去の失敗の教訓があった。上品に育った女子大生を同伴する楽しみも心中にあるのだが今回も踏み切れなかった。

故郷での木陰の件以来、ほかの女性ほどはないにしても、恵子とも恋愛に発展するのを抑える傾向がある。普段の室内の掃除、洗濯、ワイシャツズボンなどのアイロンがけ、かみそりの交換、靴磨きなど見計らってしてくれる。それは一介の家庭教師に対する親切と明らかに違うものをかねてから充分察した。感謝の言葉さえ口にした覚えがない。

女の心をもてあそぶみたいな、見て見ぬふりする冷たい振る舞いは痛感した。自分の本当の気持ちを悟りながらのつれない言動が、人としての資格がないように見える。一方に、それらの詫びたい気持ちの期間が愛情を大切に育て、熟成させたのかもしれなかった。

手を振る恵子の姿が遠くなり、船室に入った。約一年ぶりの帰郷になる。快調なエンジンの音と重油の匂いも今日は気にならない。桜島の山容が少しずつ変わり、林　芙美子の文学碑がある温泉場は褐色の溶岩原にひっそり立つのが見える。

船着場から乗ったバスを再び乗り換え、中古のバスは山の裾をあえぐように走る。やがて登り坂になり、所によって足がすくむような絶壁のそばを通った。松浦と隣町をつなぐ道はそれしかない。

一方の恵子は船を見送り帰ると光治の部屋に入った。本棚と机の中は動かさない習慣だったため整理しない。その周りとベッドを掃除して洗濯物を出す手順は変わらない。

試験中からここ数日念入りに出来なかったせいか案外汚れている。一通り済ますと椅子に座った。窓際のシンビジュームに太い茎がのび二十個くらいの蕾がある。もう一つの山川豊才の蘭はしぼみ始める。

何気なく引き出しを明けた時、のり付けした封筒が目に付いた。手にしたが何も書いてない。書いたのか貰ったのか、白い表裏を見つめたが何も語ってくれない。

少し前に来た見合い話の手紙を偶然読んだだけに、気になって仕方がなかった。引越し問題が決着してないため更に動揺が広がった。

邦夫の結婚後初めて訪れる家に妻、赤ん坊も揃って待っていた。夫婦仲がよく世間の事情に詳しい邦夫は頼りがいのある親友に他ならない。暫く歓談のあと出た。実家は加勢人が準備に忙しかった。

その夜の宴会は座敷のふすまを外し広げたほど大勢が集まり、かねての人付き合いのよい両親の恩恵にあずかった。

和やかに杯が交わされ料理が食べられる。人々に笑顔を振りまいて回った。しかし本来なら、昔のよしみで来るはずの節子の長兄が来ないのに気付いた。光治も足はなんとなく遠のいたものの、親、兄弟は知らないはずとの思いがあった。長兄は町内の水産試験場に勤める。そっと隣の邦夫の膝をつついた。

「啓一さんは忙しかったんだろうね」

「いや、あの人は近頃どこにも行かないよ。試験場と家を往復するだけ、外出は滅多にしないと家内が言ってたよ」

「何かあったのか」

「節子さんが悪いそうだ。親も兄弟も大変だろうが残された夫や子供も可哀想だね」

荒っぽい職業にかかわらず細やかな神経を覗《のぞ》かせる邦夫は顔を曇らせた。

「勿論これは噂で、本当じゃないかもしれないよ。近頃はお母さんが面会しても見分けがつかないそうだ」

座敷は三味と踊りに盛り上がる。二人だけの長い話になり何人かがそばにより始める。話は終わった。親類と近所の人から祝いの言葉と一緒に盃を受けた。祝ってくれる人から盃も一緒に受けた。有り難く礼を述べたものの、次から次に注がれる酒に次第に悪酔いしかける。トイレに立つ振りして席を立った。裏木戸を開けると露地だった。

自分のための祝宴なのに座を離れて海岸に向かった。ざわめきが遠のき、付近は闇に包まれる。砂に座りきらめく星を眺める。波の動きに耳を済ました。近くでバサッ、バサッと魚のはねる音がする。

暗い闇に沈む赤木海岸辺りに瞳を凝らした。あのひと夏の想い出があぶり出しみたいに現れる。次々に浮き出る絵に、懐かしい夏の日が重なる。

あの白い浜が見えるはずも無く、端山がうっすらと夜空に線を描く。あの木陰はどうなっただろうか。気晴らしのつもりの外出に始まり、意外な方向に発展した感情の高ぶりと無残に終わった結果がまたも生新《なまあたら》しくよみがえる。ままごとみたいな出来事をその後の人生に引きずり悩むとは思いもしなかった。白い封筒に書いた誓《ちか》いが空しかった。

彼女が仕掛け、彼女が精神的にもえ、彼女が身を隠した経緯に違いなくても、自分も恋心を抱いたのも争えない事実だった。あれが初恋だったのか。完全燃焼に程遠い切なさ悲しさ淋しさが初恋の特徴なのだろうか。だからなかなか忘れられないものなのか。

遠くの山道にヘッドライトが一瞬山肌を照らし、テールランプが蛍火みたいに消えた。山は再び眠りにつき、時折生暖かい潮風が吹く。牛の背みたいに真っ黒なうねりが星明りにむくむくと動き小さく音立てて崩れた。

翌日は自転車に乗り、邦夫と共に学んだ小学校や蝉取りした神社など回った。最後は波打ち際に着いた。透明な波が砂と戯れる。渚を少し歩いたとき、淡紅色の桜貝を拾った。

砂浜に座ると邦夫が語った。

「中学を出てから少し難儀したが、今は漁もある程度あり親子三人、両親も含めて何とか飯を食っている。お前も目標に達した。立派なもんだ。お前の事だからやさしい先生になるだろう。今度は嫁さんの番だ。昔の事など気にするな。良い嫁を貰って早く子を作れ。だが焦る必要は無いぞ」

親友の説教が心地よく耳に入る。嫁をもらえ、の言葉に胸に棲《す》み始めた恵子の面差しがまた浮かんだ。連れてこなかったことをまたも後悔した。

3

光治は帰る間際に母に、院長宅にとどまるべきかについて訊ねた。医師免許があるため、代診、休日勤務のバイトができる旨を伝えた。結果は恵子の説明に間違いなかった。なんら気遣いしないでくださいの夫人のありがたい言葉も母から改めて聞いた。判断が自分に任されたのを知った。

身体に気をつけての父母の励ましを背にバスに乗った。邦夫はまだ漁から帰らない。飲み続けた二夜の歓待の疲れもあるが心はすこし沈んだ。

狭い道路の町中を抜けると右下に波静かな松浦湾が姿をあらわす。乗客は海を渡る風に目を細め景色に見とれる。やがてバスは軽やかに坂道を下り平地で春の花に迎えられる。菜の花、れんげそうは沈みがちな光治に頑張れと励ますように色鮮やかに咲いた。

船窓からの桜島が後ろに下がるころ、やっと落ち着き、浜で拾った海からの贈物をポケットに確かめた。桟橋に白い帽子の恵子が待っていた。

満面の笑みを浮かべる。僅か二晩しか経たないのに長く会わなかったみたいに懐かしそうに駆け寄る。渡された二枚貝の名を訊ねるといとおしそうに頬に当てた。

桜貝は、仲良しの波の噂を囁き、女の白い肌は長い片思いを打ち明ける。恵子は何も言わずに暫く立ち止まったままだった。綺麗な絵になる、と思いながらその情景に見惚《みと》れた。

与えるものは少なく、尽くさせるだけの女の自然な所作が瞼に焼きつく。愛の証《あかし》のかけらも見せない不誠実な己《おのれ》を振り返らずに居られなかった。

「お父さんお母さんお元気でしたか。お祝い盛り上がったでしょう」

「有難う、元気だ。呑まされて大変だったよ。翌日は邦夫と自転車で回ってきた」

「良かったわね。みんなにお祝いされて。邦夫さんと飲んだり自転車でまわったりして。邦夫さんとこ、赤ちゃんがいたでしょう？　幸せでしょうね」

「仲いいよ。男の子だった。早く嫁貰えって説教されたよ」

「まあ。邦夫さんは何かと光治さんが気にかかるのね」

分けた荷物を持ち、恵子は留守の間の寂しさを取り戻すみたいに一気に喋《しゃべ》った。とりとめもない話だけれど、心が少しずつ温まるのを感じた。嫌いでない彼女への距離を置こうとする、根拠のない冷めた情緒がとけ出したからだった。

それに恵子にこれまでおこなった、いたわりの無い無関心な行動や言葉遣いが恥ずかしかった。慕っているのは感じても気持ちの整理が出来ないままに、そのうち冷めるかもしれない、と放置し続けたからである。純粋に真心込めて慕ってくれる相手を疑うなど人間としてあってはならない、とかねての心構えに反するからだった。

ただ、振られていながら女に拘《こだわ》り続ける哀れな男のどこを信じ何に期待するのだろうか。自嘲《じちょう》めいたものが無いでもなかった。それにしても家庭教師の役、つれなく扱った恵子が純情だけでなく、常日頃から包み込むような情愛の深さを併せ持つのは予想外としか言いようがない。この娘となら、今後とも巧くやって行けるのじゃないか。勉強が一段落した今、青春をゆっくり味わいたかった。

母が折れてくれた、住まいについてふれた。

「これまでどおり居させてもらって有り難いね。お父さんとお母さんにもよろしく伝えておくれ」

「両親もそのように考えています。何も遠慮しないでください」

それから、映画に連れて行くと約束した。移るのが先、恋愛はまだまだ、と堅く考えてももう少し気楽に過ごしたいこの頃だった。

長い間求めていたものを突然手にいれた喜びが表情を更に輝かせる。家に着き、玄関を開ける恵子の声が明るく弾《はず》んだ。夫人に母と邦夫からの手土産を渡し自室に戻った。一眠りするから、恵子につげベッドに倒れた。庭木を渡るさわやかな風に吸い込まれるように眠った。

光治は大学病院初出勤を前に、引きずった夏の影を今度こそきっぱり断ち切りたかった。恵子に隠し事を作らないために気分一新したかった。机の中も整理し白い封筒もそのまま屑篭に捨てた。

光治が出勤したあと、恵子は何時ものようにベッドと部屋の整理、洗濯物集めに入った。すると白い封筒が破りもせず屑篭《くずかご》にある。中身は私的な物で不要となったもの、しかも秘密めいたもの。見合い話はご破算になったのだろうか。そのように察した。

塵袋にそのまま入れて捨てるか随分考えた。潔《いさぎよ》く塵袋に落とした。愛情を確信したからだった。もう迷いはなかった。

教えられるうちに一途な思いとなり、片思いの慕情となり、真っ直ぐに伸びた長い信頼の道だった。もう疑いはなかった。

両親に温かく見守られながらも語らず。母の誘導質問にも笑って答えず。訪ねてきた親友にも打ち明けなかった。秘めた男性、光治にかけた青春唯一の勝利にとった。

内科医局生活が板につくようになり、恵子も大学生活とのバランスになれるようになった。忙しいが充実した日々だった。

朝の食事をともにする光治の協力があったが、夕食の時間がずれる時もある。臨床時間延長、学会、時には飲み方。その時は恵子が待ち、二人の夕食になった。光治は入浴に酒と食事の世話になる。

院長は晩酌をともにしたい様子だったが時間の都合がたまにしか一致しない。夫人は娘の行動に何にも口を挟まない。娘と光治への、夫妻の全幅の信頼を無言の中に確り物語っていた。

その年の暮れ、恵子に偶然の喜びが舞い込んだ。横浜に住む光治の友人から婚約者を連れて帰る、お前の恋人と四人して飲もうと便りがあった。葉書を渡され同伴を求められた時、恵子は有頂天になった。すぐに賛成した。

「私も行きます」

「初めてだろう？　飲んだらお父さんに叱られるぞ。大丈夫か」

「許可を貰いますから大丈夫です」

あっさり許しを貰ったのを聞き、自分が院長夫妻に信頼されているのを知った。それだけに責任も感じた。木石《ぼくせき》にない自身の弱さを知るだけに、何よりも誰よりも恵子が好きなだけに、結婚がはっきりするまでのより一層の自重を考えた。

約束の夜、二人は夫妻に挨拶のあと連れ立って出かけた。肩を寄せる恵子から香水がかすかに匂った。いそいそとしてとても可愛い。腕を組めばなお、彼女も喜ぶだろうにと思った。待ち合わせの場所に友人たちは来ていた。恵子が予約したその割烹は光治も含め先日家族が会食したお店だった。

四年ぶりとかの再会に二人はお互いの相手を紹介した。光治がどのように紹介するのか興味があった。

「僕の好きな人だ。恵子の家にそのまま居候《いそうろう》している」

「恵子さん、光治先生はあまり喋らないが心根は優しい人間のはずです。安心していいですよ」

光治が表現した短い科白《せりふ》の中に、友人が評価した光治の人格に、安堵のすべてが詰まっていた。大手商社に勤める友人と婚約者も素敵なカップルだった。二人は旧交を大いに温め、恵子たちも手をとり合って語った。

南国に稀な雪が降り、年が暮れる。元日は透き通るような青い空が広がった。光治は院長家族とのお屠蘇を味わったあと直ぐ教授宅の新年会に向かった。昼過ぎ帰ると恵子と神社に参拝した。少し呑みすぎたと言いながら機嫌がよかった。

今日のために長くした髪をアップに結った和服姿が眩《まぶ》しい。すれ違いざまに振り返る人がいる。妹の雅代と似ている、ふと思う感慨があった。

生きておれば、赤い鼻緒のあの子も、こんなに綺麗になっただろう。恵子はどこか似ている面影がある。誰にもまだ明かさない、痛みを伴った二つの過去を語る日があるのかもしれない。

またしても何時もの感傷に浸る間に拝殿が大きく近付いた。


日が経つにつれ、恵子への愛がはっきり膨らんだ。恋愛と結婚。その対象として熟慮すると性格のいろいろや日常の行動、考え方までも自分の好みにこれほど合う女性は居るまい。デリケートな高校時代から今日まで脇目も振らず、思いを育て続ける情熱に参った。医局が終るとどこかに赴任になる。その時が恵子への正式回答になる。そのように覚悟した。

病院では毎日診察に追われる。加えて発表される論文や薬剤情報に目を通す。多忙、緊張の連続がある。でも帰れば疲れた神経を癒してくれる。医局二回生が終わろうとしていた。

光治は教授に呼ばれ四月から離島への赴任を打診された。君が理想とする医師のあり方を実践する良い機会だ、と励まされた。勿論直ぐに承諾した。

その夜、恵子を部屋に招き事情を話した。離島が抱える問題や不便さ厳しさも聞いた限り加えた。そして尋ねた。

「今日までいろいろ有難う。これからも信じてよいか」

ゆっくり頷き、呼吸を整えて真っ直ぐに見つめてきた。恵子にとって真剣勝負だった。

五年の間、献身の苦労に耐えた清々しい笑顔が目の前にある。望めば僕より立派な若者は幾らでもいるだろうに、長い間にはお世辞のない男に迷い悩んだ日もあるだろうに、さまざまな感懐《かんかい》にかられ、手をとった。冗談にも握ったためしのない手は熱く柔らかだった。

「私も一緒に行きたい」

震える身体を寄せながら白い歯から言葉がほとばしる。

「私も連れて行ってください。身の回りの世話をさせてください」

胸元から発散する、若い女性特有の甘酸っぱい匂いがする。柔肌《やわはだ》の温もりが伝わる。

「向こうに賄《まかな》いの人が居ると聞いた。洗濯もしてくれるらしい。不自由しないと思う。なし崩しみたいな真似は両親が許さないだろう。俺も申し訳ない。卒業してから来ても良いのだが」

説明したが直ぐにかぶりをふった。

「婚約すればよいではないか」

それにも首をふった。

「大学の卒業証書はいりません。今まで一緒に居たんです。離れて生活したくありません」

頑固に譲らない。

最後は熱心に通う菩提寺の早朝講演会を引き合いにした。いつか連れられて参加した時の彼女の言葉をふと思い出したからだった。年令よりずっとませていると感嘆したことがある。お寺からの帰りだった。

私は仏様を感じるまで信心が深くありません。しかし必ずそばにいらっしゃると考えることにしているんです。そうすれば誰とも率直にお話が出来、隠れた所でも人に悪さしたり嘘吐いたりしなくてすむからです。

「お寺の講演会に行けなくなるが」

「事情があれば止むをえません」

神仏さえ説き伏せそうな真剣な眼差しがある。そう言えばかねてより、信仰から来る静かな佇《たたず》まいと自信を持っている。結局は光治が折れた。

だが同伴するにしても結婚にまだ早い彼女の年齢、大学中退の問題もあり院長夫妻の許可が絶対必要になる。それらを恵子と話し合った。

夜を待って、光治は赴任の予定と語り合った内容を院長夫妻に報告し、結婚を願い出た。隣の恵子も神妙に頭を下げる。

急な願い出ながら院長は、職務の内容、離島の状況、滞在期間の目安などを淡々と訊ねる。娘のまだ若い年齢、学業中断についての質問、意見、危惧《きぐ》は一切なかった。一人娘のこれまで、種々な思いが湧《わ》いたのか母親に涙がこぼれる。

院長の、恵子をよろしくお願いします、の言葉があり承諾された。その上、仲人、式日、式場の取り決めは、互いの両親が相談しあい、連絡しながら決める結論になった。

二人はその翌日、報告と許可もらいのため松浦に向かった。

上下を淡い緑にそろえた身形《みなり》の女子大生は船中の人目を引いた。まだ見ぬ町の訪問に少し硬くて、しかし楽しくてたまらなさそうな表情を見せる。春の光にすっぽり包まれた桜島、太陽を薄く反射させる錦江湾に釣り舟が漂《ただよ》う。恵子がそれとなく腕を絡ませる。

バスから見える田舎めいた風景、近付く光治の生まれた町。思えば幾たびも夢にまで見た旅だった。恵子は陶酔《とうすい》した。他の乗客も忘れたみたいに光治の肩にもたれ、時折目をつむった。

二人の突然の訪れに邦夫は驚いた。光治が初対面の二人を紹介し結婚の許可を貰ったと語った。

「それは良かった。恵子さん、おめでとうございます。ずっと仲良くしてやってください。私からもよろしくお願いします」

「いろいろお話は伺っています。こちらこそよろしくお願いします」

「暫く帰れないが元気に居てくれ」

「お前も身体に気をつけてな」

光治にすれば初対面の二人が互いに好印象持ったのが何より嬉しい。それからの恵子は赤ちゃんを抱っこしながら女同士の話に忙しい。


恵子はお父さんとのはじめての対面に少し緊張した。けれども光治が結婚の許しを願った時父は上機嫌だった。

病院を訪れた日もある母は恵子と仲がよい。結婚はすぐさま認められ、仲人、式の日取り、式場は親同士の話し合いに決まった。

そのあと二人は墓地に行き、花を供えた。そして末妹の思い出を努めて平静に語った。ほぼ十五年経過した。

「瓜実顔《うりざね》の子でね。いつも俺の後についてきて困らせた。赤い鼻緒の下駄を履《は》いていたよ。来年は小学校にあがる予定だったが急に疫痢とかになって。医薬品が少なかったらしく絶食が一番と勧められたようだ。何時もは母が看病兼見張り役なんだが、急用が出来たみたいで俺が代わったんだ。よほど空腹だったんだろう。妹にお握りをせがまれたがやらなかった。翌日亡くなった。それが今も重荷になっている。医者になった原点かな」

あっさり話すが恵子には耳新しい家族の重要な情報に他ならない。六歳の妹の死に際の望みをかなえてやらなかった心の深い傷、それを生涯かけて償う決意の人情味あふれる兄がいる。医者への門を叩いた光治さんだ。聞くうちに胸奥深く隠れる琴線《きんせん》に触れ強く響いた。瞼が滲み見る見るうちに丸い形となった。

恵子はそれが頬を伝うに任せた。棺《ひつぎ》の小さな手に父が杖を持たせた、と教えられたとき涙があふれた。死後の旅路を独りとぼとぼ歩く幼い娘を案じる父が居る。感銘を受けた。自分でも、こんなに涙を流した記憶はなかった。

墓碑の名をなぞる。運命の出会いは哀しい死から始まる事実を初めて知った。それだけに光治さんを大切にしなければと誓った。家庭教師に来られた時から、人を包容する度量のある、ゆったりした人間味がたまらなく好きだった。勉強、雑談、ふとした仕草に直接感じた。そのため惹《ひ》かれ、その後は絶対離れないと若いながらも心に秘めた。雅代さんの死を決して無駄にしてはならないと思った。

花立てから芳香を放つ黄水仙が花を開かせる。恵子は催促されるまでそこから離れようとしなかった。

水入らずの夕食は美味しかった。話も弾んだ。嫁とか舅とか姑でなく、いきなり温かい家庭の一員になれた瞬間だった。光治の性格そのままの両親が有り難かった。

直ちに入籍する。結婚式と披露宴は赴任地より帰ってからにする。子連れ式でも構わない。親同士の計画も簡単にすみ二人は離島に移り住んだ。

都市の生活になじんで育った主婦は慣習の違う社会にまごついた。けれども持ち前の気さくな性格で、暫くすると溶け込んだ。

近くに遠浅の海があり、時折水平線に現れて伸びるマストが想像を掻《か》き立てる。若夫婦はその光景が好きなため浜千鳥がついばむ浜辺をよく散歩した。

外来患者一日平均六十人、入院患者常時十六人近くの診療所は往診もありかなり忙しい。患者に優しいと評判だった。ことに四~五才のおかっぱの子が来るとさらに優しくなって仕方がない。

ざくろの黄色い花が散り、何時の間にかいかにも硬《かた》そうな実が枝についた。病院の窓越しに診察の疲れをしばし休めた時、近くの小学校から電話が鳴った。二年生の男児が鉄棒練習のとき骨折したらしい。慌てる担任の話を聞きながら診察したが単純な左ひじの脱臼《だっきゅう》だった。その子の祖母になる老婆が駆けつけ、ためらいがちに語った。

「両親は事情あって別れています。嫁とは一度も会ってません。私たちが養っているんです。兄弟のない子なので一番可愛いです。親を訊ねないのがかえって辛いです。小さな胸を痛めていると思えば切なくて」

親身な問答があり祖母はなんども頭をさげ、孫の手を引いて帰った。息子夫婦の話をしたがらない素振りもある。夕食時に妻に語った。

「息子さん夫婦に何かあったんでしょうね。その子が可哀想だわ」

「複雑なようだね。会ったら励ましてやりなさい」

それから毎日、少年は祖母に連れられて治療に来る。その折恵子からお菓子を貰う時もある。手当も終わりに近付いたころ、祖母は夫が釣った魚を持ってお礼に来た。開け放した部屋で恵子と祖母は何時の間にか長話になった。時たま吹く潮風が通り抜け、庭先のハイビスカスを驚かす。祖母は他人に語らない話を語った。

「あの子の母は病院に入っています。いえ、孫は知りません。今後も教えないつもりです。もちろん町内の人も知りません。はい、あの子の父が私の息子です。出稼ぎに出たところで知り合ったそうです。生まれて直ぐ嫁が病気になり息子も可哀想でなりません」

その夜、光治は祖母との一部始終を聞いた。祖母の言う病院の意味が分かる。故郷で聞いた話をふと思い出し、邦夫が語った子供の年齢を数えた。そのため節子を連想したが主人は隣県の人、事務関係の職場、以前聞いた内容と違うため、ひとまず横に置いた。

その後漁師の祖父のちょっとした怪我が縁につながり両家の交際は一段と深まった。芳雄というその少年も恵子に可愛がられるため毎日のように遊びに来る。

「芳雄ちゃんは学校好き？」

洗濯物を畳みながら恵子が何気なく聞いた。仲良しの友達が居ないのだろうか。いつも独りだった。

「うん、好きだよ」

「大きくなったら何になりたいの？」

「分からない」

消え入るような声が返る。その時の様子を聞いた光治は穏やかに注意した。

「両親と別れているから将来の夢を聞かれても答えようがないんだろうよ」

「ごめんなさい。迂闊《うかつ》だったわ。芳雄ちゃんに悪いことしたわ」

「謝る必要ないよ。恵子のその素直さが好きなんだよ。あの子の微妙な神経に気を遣ってやらないとね」

単純な考え違いを諭された恵子はその後、それまで以上に少年を可愛がった。光治はそんな妻に気付いた。心配りが好きだった。誰に対しても平等に慈愛で接する一面をまたも見たからだった。

島での最初の正月が過ぎ二人はホームシックにもならず生活を楽しんだ。魚つり、闘牛見物の夫、紬織と島の料理を習いだした妻。奄美には自然由来の遊びが多くて楽しい。

4

やがて恵子は出産のため鹿児島の病院に移り入院した。食事や洗濯はちゃんとした人に頼んだため、夫の健康管理に懸念は残らない。毎日電話しますから、不足の品物があれば仰《おっしゃ》ってくださいと念を入れた。

けれどもにわか独身を慰めたいなどの口実がつけられ、夜になると顔なじみの住民が焼酎や料理持参でやってくる。昔、田舎相撲で鳴らした芳雄の祖父もその一人だった。

刺身にいいのが取れました、そう言いながら夕方訪れた。いける口の二人だけに酒もすすみ、カーバイドを使う突き漁や大島紬の泥染めの仕方、地域の風習などが身振り手振りに語られる。離島特有の珍しい話に聞き役になりきった。

祖父の話は何時の間にか家族に移った。孫が懐いているのが嬉しいと恵子を褒めそやす。孫の話になると目が細くなる。

「父から時たま手紙が来ますが、母が居なくてあれも可哀想です」

「芳雄君のお母さんはやはりこちらの方ですか？」

光治の仰天《ぎょうてん》はそのありきたりな質問から始まる。

「大隅の方です。富山が元の名です」

度の強い焼酎が、打ち解けた雰囲気にまぎれて、祖父の口を軽く開かせたに違いない。近所の人にも打ち明けない秘密だった。光治は思いもしない所で、思いもしない人から、節子の旧姓を告げられ顔色を元に戻すのに焦った。心の底では間違いに終わるのを祈った邦夫の内緒話が真実であり、しかも遠い離島でつながったのだ。そう言えば少年はどこか節子の面差しがある。これ以上の証明はなかった。信じたくない真実に祖父をとりなす言葉がなかった。ひょっとして息子さんは私の身代わりになったのじゃないか。若しかしたら、節子はあのころすでに、病気に気付いていたのじゃないか。そのためわざと嫌いな振りして姿を消したのじゃないか。

音信が途絶えた後、恨んだ時もある節子の行動がまるで逆の見方に変わる。本人が病気に気付いたとする確証はないが、否定も出来ない。思いなおして祈った節子の幸福が粉々に砕かれたことになる。

祖父の口惜しい口ぶりの端に出る、偶然の出会いと知り合って直ぐの性急な結婚。それらは何かに急かされたみたいな奇妙な衝動を感じた。披露宴はいずれ島に帰ってから挙《あ》げるとの報せがあり未だにないという。結婚式も仲人もないという。さらに一年ほどあとに、まだ乳児の孫が連れてこられた。

まだ若いのになぜ愛を、それに同棲と出産までをそんなに急いだのか。祖父にも不思議だったが光治にしてもわからない。

親しみのある医者に語り終えた祖父はホッとした顔になった。太い皺を刻《きざ》んだ赤銅色の顔に優しい眼が笑う。

光治の酔った頭のすみに、生まれて直ぐに残酷な運命に襲われた少年への激励が芽生えた。不運に押しつぶされずに広い視野を持つ丈夫な青年に成長してもらいたかった。暫くして祖父は機嫌よく帰った。野太い民謡の響きが残った。

眠れそうになく、窓を開け風に当たった。これが避けられないとされる宿命なのか。俺は妹に惨《むご》い事をしたのに至福、芳雄君の父は真面目に愛し正直に働くのにどん底の境遇。その分かれ道はこんなにして起こるものなのか。

万が一あのとき、目的を忘れ決意を反古《ほご》にし、衝動的に恋愛、結婚に走っていたら、芳雄君の父になったのじゃないか。職業も今ごろは何をしていただろうか。それは論理が飛躍しすぎるとの指摘を誰かにしてもらいたかった。

節子がかつて寄せた肉感的な文章が浮かんだ。一歩手前で彼女を踏みとどまらせたのは何だったのか。亡くなった妹が遊んでくれた兄を土壇場で救ってくれたのだろうか。

本土より大きく見える月が診療所を青白く照らす。奥まった陰を色濃く染め分ける。かすかな夜風に蘇鉄の葉が揺れる。

実らなかった初恋の苦い思い出と現在の節子への同情がゆきつ戻りつして長く立ち尽くした。

そして結論としてまとめきれないが、産後の妻には刺激が多いため話さない、機会がきたら全て打ち明けようと決めた。欠け始めた月は一段とさえ、隣家の屋根にかかった。


ほどなくして恵子は無事出産した。名前を光一とつけた。それから一月後、母子が帰り住宅は再び賑やかになった。留守中遠慮して顔を見せなかった芳雄と祖母も光一の顔を見にやってくる。祖母は出産後の身体を気遣い炊事や洗濯を手伝う。

真夏の太陽がじりじりと照りつけ、海風が吹くたびに道路に砂埃が舞い上がる。連日の日照りに暑さ慣れした人たちもさすがにうんざりした様子が見える。

ひまわりが雨待ち顔に空を見上げる昼下がり。日傘も差さずに、やつれた顔の祖母が会いに来た。茶飲み話のときと違う真剣な顔に汗が滴《したた》り落ちる。

嫁の長兄から妹を離縁してくれ、芳雄はそちらで育ててくれないかの手紙が来た。夫と話したが結論が出ない。どうしたものでしょうか、である。

長兄はいつまでかかるか分からない妹の病気を心配し、これ以上夫に迷惑掛けられないと申し出たという。恵子にもその趣旨は理解できた。しかし親権と今後の養育の問題があるだけに慎重にならざるを得ない。

おばあちゃん、主人にも話しますから近いうちにまた来なさい。主人も一緒に考えてくれますからね。熱心に耳を傾けた恵子は祖母を落ち着かせて帰した。

毎日多くの患者に接する光治は帰ってからも妻の話をじっくり聞いた。最近は芳雄少年の話題が多い。

今夜は更に痛ましい相談になった。両親の別れ話が出ている少年を救う手立てがないのだろうか。救済の必要な、少年が居る。この島に来たのも前世からの宿縁に違いない。あの時とは異なり、社会人になり、頼られた以上、正確妥当な判断が求められる。過ちを繰り返さないために自分に出来ることはなにか。ゆっくり考えたかった。

数日後の夜芳雄は、自分の将来が話し合われるとも知らずに、居間でテレビに夢中になった。光治はなれない六法全書を前に祖父母に語った。

「民法では配偶者が強度の精神病にかかり、回復の見込みがないときは離婚の訴訟が出来ます。長兄の申し出がありますので役場に行けば離婚できます。でもそれは最後の方法です。芳雄君の将来を中心に考えたほうが良いかもしれません。息子さんと話し合ってください」

眠った少年は祖父に背負われ家路についた。玄関に見送った光治は昔馴染みの長兄の顔が浮かんだ。家族の苦悩に人知れず苦労する長男の姿があった。

十日ほど経ち、祖母が持ってきた息子からの手紙には再び、離婚は考えていませんので、芳雄をよろしくお願いしますと頼んだものだった。夕食時に見た。

「ご主人も苦労されてるね」

「病気の奥さんが気がかりなんでしょうね」

「それはそうさ。それに形だけでも子供を片親にしたくなかったんだろうよ」

「芳雄ちゃんたちは今後どうなるの」

光治は語った。完治するのは難しいと考えたほうがよい。夫の再婚も予想するのが順当だ。父親の健在は救いだが、祖父母の老齢を考えると少年の予測は難しい。

少年は毎日のように遊びに来て赤ん坊の顔を覗き込み、あやしてくれる。その小柄な姿がその目で見ると切ない。母に抱かれた期間はごく短かった。薄い縁《えにし》の面影をどのようにしてあの子は結ぶのだろうか。遣る瀬無さに妻を見た。

その時恵子が思いがけない発想を口にした。

「ねえ貴方、芳雄ちゃんを引き取って父のところから学校に出せないかしら。何とかしてあげましょうよ。いけないいでしょうか」

それを聞いたとき不遇や挫折を味わってないお嬢さん育ちの、恵子は危なげで冒険しているようにも取れ不安だった。

娘の頼みなら実家に養うのは簡単なことだ。自分も好むところだ。しかし人情論で話を進めるわけに行かない。そこまで肩入れする必要があるのか。芳雄の将来にかかわるのだし自分たち夫婦にも院長夫妻にも責任が起こるからだった。

「それは素晴らしい着想だが、親切の押し売りはどうかと思うよ。お父さんと祖父母が居る。それに縁につながる母方の親戚もいる。一義的にはその人たちがまず考えることだと思うよ。まだ小さいしその気になるまで待っても遅くはないと考えるよ。相談があった時に考慮すればよいのじゃないか」

「それはそうですよね。しかしその後、どうにもならなかった時相談にくるでしょうか。心配だわ」

「不遇を独力で乗り越える意志の強い子になったら、他人に頼らなくても、例えば大工とか漁師とか紬織りとか立派に自立できるよ。あくまで勉強で身を立てたいと決めた時は必ず俺たちを思い出すさ。必ず来るよ。人間とはそういうものだ。心配しなくてもよい」

　妻の申し入れに驚いたため、とっさに答えたものの、返事は普段の信念に違いなかった。それにしても妻が並々ならぬ人情を寄せるのが嬉しかった。彼女にすればどこにもある、夫の赴任先で知った行きずりの人かもしれないからだった。無視しても誰からも非難はされないはずだと思った。

　恵子の発言は仏教信仰に深く根ざすものだろう。そう思うと志《こころざし》の絆でも固く結ばれる信頼があった。

　漠然とだが、訪ねてくると予想した。恵子を慕っているのが一番の大きな根拠になる。それにこれまで観察した結果だが物事するにも積極的なところがあり、頭のよい節子の家系と考え合わせたからだった。

かねて軽はずみな真似しない恵子が力をこめて言い出したせいか、それが見当外れでない自信が出た。

そうなればいつの日か、あの夏の日の体験を語ることになるだろう。苦い思いをさせるかもしれない。けれどもそれくらいで落ち込んだり取り乱すような、つまらない女性でないのは光治が一番理解した。


暑かった夏が過ぎ、時折ひんやりした風が頬をなでる。気候が良くなれば南の島も過ごしやすい。近頃は赤ん坊の光一が話し掛けると応えるようになった。目鼻立ちが父親似と言われるとなお更嬉しく、その時ばかりは相好を崩した。

診療所は緊張の連続だけれども、家に帰れば妻と赤ん坊が身体と心を休めてくれる。恵子はいつも光一を負ぶって魚をさばき、豚汁などの郷土料理を作った、その島風な身支度、気さくな性格は親しみを持たせ味も芳雄の祖母が褒めるほどの腕前だという。

都会の人らしくない奥さん、と囁かれる日常は地域に親しまれた。おおらかに誰にも親切な住民たち、鮮《あざ》やかな原色の花や蝶たち、恵子もすっかり奄美の生活を楽しんだ。

やがて契約の二年が来る。光治は引き継ぎに備え、カルテを見直していると一枚ごとに患者を思い出す。それが華やかな彩《いろど》りの魚、闘牛場の喚声、黒砂糖工場の光景とつながり懐かしい。

診察も処置も正確に運び、患者も満足しただろう、の自信があり島民からの信頼も受けたように思った。初任地として誇りのもてる奄美となった。

一つ、芳雄はその母を知るだけに余計心残りがする。幸い薄い少年を丈夫に育てるためにも祖父母が元気に居て欲しい。暮れかかる窓の外を見やりながら、そう祈った。

二度目の正月が終わり、離任の日が近付くにつれ、祖父母や芳雄の表情に淋しさが増している。言葉に別れづらさがにじみ出る。それは二年しか生活しない光治夫婦もおなじだった。

町内有志主催の送別の宴がすみ、最後に予定した祖父母たちとの夜が来た。祖父は朝早くに漁に出、祖母は豚肉と海草を中心にした料理に余念がない。芳雄はすっかり仲良しになった光一と遊んでいる。

島特産の三十五度の強い焼酎に男同士は酔い、恵子と祖母も僅かなビールに頬を染める。祖母は、もう年ですから会えないかも知れませんと時折涙を拭く。いろいろたくさんお世話になりました、祖父は何度も頭を下げる。雰囲気で分かるのか芳雄も幾分かしょんぼりしている。

「また会えますよ。必ず会いましょうよ」

「芳雄が大きくなるまでは達者で、と思いますが、どうなることか」

「大丈夫です。希望を持って達者で居てください」

「そうします。これが居ますから」

祖父はまた孫の頭をなでる。恵子はこの日のために取り寄せた一冊の偉人伝を芳雄に与えた。そして手を握り締めながら勇気付けた。

「芳雄ちゃん、この本を読みなさいね。頑張るのよ。辛いことがあっても負けちゃ駄目よ。小母ちゃんは弱虫が嫌いよ」

貧しい家に生まれたが、苦学して弁護士になり、米国大統領に就任した人の物語である。

出発の日はきらりと光る海が見渡せるまぶしい朝になった。港に数隻の漁船が、入り船つなぎにもやっている。見送る人たちに挨拶した光治は、祖父母に挟まれて立つ芳雄の肩に手を置いて語りかける。奥さんたちと名残を惜しんだ恵子もそばに寄った。

「おじいちゃん、おばあちゃんの言うことを良く聞くんだよ。男の子だから泣くなよ」

「はい」

少年の無邪気な瞳に見上げられ、そのかわいい眼の色を汲み取った時、光治は決心した。数ある初任地から此処を選んだのも、少年と出会えたのも、何かの因縁に違いない。もし訪ねてきたら恵子の言うとおり、この子を助けよう。それが宿縁に遭遇した者の務めであろう。将来光一の良き先輩に育つのじゃないか。希望が膨らんだ。

やがて汽笛が青空に吸われ、連絡船は静かに岸壁を離れた。（完）

あとがき

生涯一作。自分の小説を世に問いたい意欲はおとろえなかった。長年生きて、世の中には不合理なこと、正義がおろそかにされていること、など身近にみられることがある。折角の人生ながら人権、人格を否定される人のない社会を作りたい。その一助になればと考える。

『ぎんなんのいえ』　書き下ろし
『くちなし色の月』　初出　同人誌「火山脈23号」
『夏の影』　書き下ろし

■著者プロフィール

高橋兼治（たかはし　かねはる）

1934年（昭和9年）　鹿児島県生まれ

鹿児島市在住

ぎんなんのいえ

2017年12月18日　初版第1刷発行

著　者　高橋兼治

発行所　ブイツーソリューション

〒466-0848 名古屋市昭和区長戸町4-40

電話 052-799-7391　Fax 052-799-7984

発売元　星雲社

〒112-0005 東京都文京区水道1-3-30

電話 03-3868-3275　Fax 03-3868-6588

印刷所　藤原印刷

万一、落丁乱丁のある場合は送料当社負担でお取替えいたします。
ブイツーソリューション宛にお送りください。

ISBN978-4-434-23920-5